中国人文标识
China
|第三辑|

唐诗宋词

韵律之美与文人情怀

杜爱萍　文　元|著

五洲传播出版社·北京
China Intercontinental Press

图书在版编目（ＣＩＰ）数据

唐诗宋词，韵律之美与文人情怀 / 杜爱萍, 文元著
. -- 北京：五洲传播出版社, 2022.1
ISBN 978-7-5085-4720-6

Ⅰ.①唐… Ⅱ.①杜… ②文… Ⅲ.①唐诗—诗歌研
究②宋词—诗词研究 Ⅳ.①I207.2

中国版本图书馆CIP数据核字(2021)第227972号

作　　者：杜爱萍　文　元
图片组稿：文　元
出 版 人：关　宏
责任编辑：梁　媛
装帧设计：青芒时代　张伯阳

唐诗宋词：韵律之美与文人情怀
出版发行：五洲传播出版社
地　　址：北京市海淀区北三环中路31号生产力大楼B座6层
邮　　编：100088
电　　话：010-82005927，82007837
网　　址：www.cicc.org.cn，www.thatsbook.com
印　　刷：北京中石油彩色印刷有限责任公司
版　　次：2022年1月第1版第1次印刷
开　　本：710mm×1000mm　　1/16
印　　张：16
字　　数：210千字
定　　价：68.00元

序

近几年来，神州大地涌动着一波古诗词热。一档古诗词电视节目引爆了亿万观众的热情，各主流诗刊纷纷改版扩容，古诗词图书风靡书业，各地举办了精彩纷呈的诗词朗诵会和诗歌节，加之互联网的广泛传播，一时间，古诗词成为文化时尚，"诗词热"如火如荼般扩展开来。

倘若透过现象看本质，"诗词热"背后折射的是中国社会向传统文化的回归。

当下的"诗词热"，是在我们经济建设取得巨大成就、物质生活水平得到很大提高的前提下应运而生的。当人们在物质上得到一定程度满足时，就会希望用高雅的文化艺术来提升精神生活；再有就是经过了时间的沉淀和实践的检验后，人们对外来文化有了更多的反思，进而愈加坚定了文化自信。于是，中国社会向传统文化回归，古诗词成了文化时尚。

中国古诗词，尤其是唐诗宋词，凝聚了大量优美、典雅的语言，字里行间蕴含着中国读书人的风骨和情怀。因此，优秀的诗词作品是一种由美好的语言和高尚的情怀所构成的精神瑰宝，为人们所铭记、所珍惜，是我们毕生的感动与慰藉。

诗词所描绘的或岁月静好的诗意生活，或金戈铁马的快意人生，正是我们内心所向往的。通过诗词去理解和热爱生活，通过生活去解读和欣赏诗词，把传统文化融入现代生活中，帮我们克服生活中的焦虑和不安。

如果说，我们学习西方科技文化的目的是为了成为现代人，那么，传承中国传统文化的主旨则在于让我们成长为现代的中国人。这就是我们花时间与精力去学习唐诗宋词的根本原因。

本书从大的历史背景入手，介绍了唐宋时期不同的历史时局对唐诗宋词的形成及其特点的影响，以及在这种影响下诗人、词家所展现出来的风格与风骨。"诗言志，词言情"是中国文人的一贯传统，书中通过对16位唐宋大家诗词往事的描述，力图从大环境和小环境的交叉影响中，去解读每一位文人风格形成的过程和原因，同时领略唐诗宋词登峰造极之作，以及唐宋文人在中国文学史上各领风骚的大家风范。在最后一章中，由唐诗宋词谈开去，介绍了中国诗歌发展的脉络，探究了诗词的韵律之美与诗词中的文人情怀，从中领略中国诗歌始于文采、协于韵律、忠于情怀的魅力，尤其是中国几千年来，读书人那种以天下为己任的家国情怀，以及耿介高洁的文人风骨。

杜爱萍　文元

2021年7月1日

目 录

| 引言

在千岩竞秀的中国文学史上，唐诗宋词作为双峰并峙的两大典范，既代表着一代文学之胜，也代表着中华诗词的最高成就，并以高洁的思想、挺拔的风骨、婉约的情感和豪放的胸襟，彰显出无穷无尽的艺术魅力，铸就了中国古代文学史的辉煌。世间若无唐诗宋词，中国文学史将会黯然几许。

遥想唐宋，当年各领风骚的诗词大家虽已消逝在历史星河中，但他们存世的优秀作品千百年来代代相承、广为传诵，对中国后世诗歌产生了极为深远的影响。究其所以，就在于唐诗宋词体现着中国人的价值观和审美追求。

中华文明根植于农耕文明。远在五六千年前，中华民族世代生息繁衍的黄河流域就出现了相当发达的农耕文明。与农耕文明密切相关的是自然节气，我们的祖先正是按照一年二十四节气来安排生活和农事的。唯有应时而作，才有望五谷丰登。于是，主观上追求人与大自然的和谐相处便成为中华民族的文化传统，并在日常生活中逐步升华为中国人"以和谐为美"的审美追求。

然而，在漫长的历史岁月中，并非一切都静好和谐。面对几乎年年都会发生的旱涝天灾，还有纷争年代的逐鹿征战，在客观上又造就了我们祖先与天斗、与地斗、与人斗的生存意志，以及中国人"自强不息"的价值观。

╳ 五代·周文矩《文苑图》（局部）

　　文学来源于生活。就唐诗宋词而论，其创作手法讲究情景交融、音律协调、平仄押韵；其创作内容或感怀伤时、抒发独善其身之情，或以天下为己任、表达兼济天下之志，这正体现了我们中国人在日常生活中的审美追求和价值观——以和谐为美且自强不息。唯其如此，唐诗宋词魅力自具，辉映古今。

唐诗由古风入律，律诗最终在唐代完成。这是中国诗歌发展史上的一件大事。它创造了风格特别优美整齐，既有程式约束又留有广阔创作空间的新体诗，将我国古典诗歌音节和谐、文字精练的艺术特色推到了前所未有的高度，成为我国后来诗歌发展的主要体式。唐诗内容丰富多彩，总基调是努力向上的，尤以盛唐诗歌积极进取、奋发昂扬，开创了中国诗歌发展的新纪元，为历朝历代奉为典范，乃至有"诗必盛唐"之说，而盛唐大诗人李白、杜甫几乎成了我国诗歌的代名词。

宋词从一种通俗的艺术形式，后经不断充实内涵，最终升华为一种能够体现时代精神的文学体裁，取得了与唐诗同等的文学地位。宋词在音律协和、表现技巧等诸多方面的艺术造诣，奠定了它在词体文学中的地位。宋词早期内容以描写风月艳情为主流，后期则不乏慷慨愤世之作，其中尤以岳飞、辛弃疾、文天祥等英雄志士的作品最能体现时代精神，并将爱国主题弘扬到前所未有的高度，为宋代文学注入了自强不息的阳刚之气。从此以后，每当中华民族处于生死存亡关头，人们总会从岳飞的《满江红》和辛弃疾、文天祥的爱国词中汲取精神力量，精忠报国、救亡图存，续写出新的爱国诗篇。

唐诗宋词在对中国诗歌产生深远影响的同时，也对世界文学的发展，产生了很大影响。

唐诗对日本、朝鲜的影响

唐代经济、文化空前繁荣发达，声威远扬，对日本、朝鲜等亚洲各国

✕ 南宋·佚名《秋江暝泊图》

都有着巨大的吸引力。由于地理条件的便利，唐诗首先传入朝鲜半岛，并深受当地百姓喜爱。李白、杜甫的诗对当地汉诗文学有着重要影响，同时还对当地的小说、歌辞、时调、杂歌等产生了巨大的影响。

日本与中国隔海相望，为了向中国学习，汲取唐朝文化，自唐太宗贞观四年（630 年）始，先后十多次向唐朝派出遣唐使团，持续二百年之久，每次都带回包括唐诗在内的大量汉籍。

唐诗传入日本后，朝野上下竞相称赞唐诗汉文。最受日本人欢迎的唐朝诗人是白居易，因白诗通俗易懂，其诗集在日本广泛流传。然而，日本人更为喜欢，且至今仍令他们痴迷不已的一首唐诗却是由一名流落江南的士子，在一个深秋夜半，宿舟枫桥边、耳闻寒山寺钟声时，随手写下的：

> 月落乌啼霜满天，江枫渔火对愁眠。
>
> 姑苏城外寒山寺，夜半钟声到客船。

这就是唐代诗人张继的《枫桥夜泊》。诗中流露出的淡淡愁绪和略带失意的美感，正符合日本人对于美的理解，切中日本文化中至关重要的"物哀之美"，为历代日本文人所追捧仿效。例如，在龙湫周泽的日本汉诗文《夜泛湖见月》里，"扣舷一曲无人会，唯有秋风入棹歌"一句表现出的那种隐于景物中的"怅然失意"，正是诗人受唐诗情感影响后的产物。

后来，《枫桥夜泊》还被编入日本小学教科书，是每个日本人在童年必学的古诗之一。渐渐地，日本人对寒山寺及其夜半钟声情有独钟。

写于枫桥边的这首诗已流传千载，寒山古寺也阅尽世间沧桑，而日本人对寒山寺的情结却至今不减。每年除夕，成百上千的日本游客来到寺里，倾耳聆听这夜半钟声。一首七言绝句让寒山寺成了他们心目中的文化圣地。

宋词对朝鲜的影响

宋词于北宋早期，通过官方使臣及伶人乐工传到当时正处于高丽王朝时期的朝鲜半岛。高丽王朝的宣宗王运是该朝最早的一位词作者，对词的创作也颇有造诣，在位时经常召集诗会，向群臣推广汉文学。正是从高丽宣宗时期起（1083—1094年），当地文人开始从事词学词作的研习。到了朝鲜王朝时期（相当于中国明清时期），还出现以文人士大夫为中心的作家群

× 清·陈书《看云对瀑图》

进行词的创作。

从高丽王朝中叶到朝鲜王朝末期的八百多年里，宋词对朝鲜文坛产生了极为深远和重要的影响，无论其古代的诗词文化，还是其古代君王和文人士大夫阶层的思想认知都深受熏陶。当年，宋词从艺术形式到思想内容都受到推崇和赞赏，苏轼、黄庭坚等人的作品成了当地学者诵读的对象和学习创作的源泉，晏殊、欧阳修、苏轼、秦观、李清照等人的词作被当地文人频频模仿和引用，其中以苏轼的词对当地词家影响最大。高丽王朝成就最高的词人，也是朝鲜文学史上最杰出的词人李齐贤备受苏轼的影响，他的多首词都是仿苏词而作。其《水调歌头·望华山》中"我欲乘风归去，只恐烟霞深处，幽绝使人愁"，就是仿苏轼《水调歌头·明月几时有》中"我欲乘风归去，又恐琼楼玉宇，高处不胜寒"而作的。

在朝鲜王朝时期，有一位名叫安命夏的文人，他平生无意仕途，甘为处士，唯独对岳飞怀有无限崇敬之情，写下了《满江红·追和岳武穆满江红古意》：

男子堂堂，好身手、盖生不遇。奋八尺、家邦板荡，健儿励弩。百战关河势出没，乾坤震荡风雨。烛涅其、背上字煌煌，精忠露。

嘻青衣，俱北狩。慨黄屋，飘南寓。臣当思万死，历完颜部。旋轸銮舆指日计，宁知金牌班师误。惜忙壮图、抛掷鸳鸶呼，想余怒。

这首词歌颂了岳飞的忠勇，也写出了词人对岳飞遇害的悲愤之情。整首词慷慨激昂，气势纵横，深受岳飞《满江红·怒发冲冠》的感化。

中国诗歌对英国知识阶层的影响

19世纪中叶，随着中国国门被西方列强的炮火打开，越来越多职业不同、身份各异的英国人来到了古老的中国。他们接触到了一个与西方迥异的东方民族，其文化风俗与英国完全不同。在考察游历中所搜集的大批中国典籍，更使他们感受到中华文化独有的魅力。在震惊、激动之余，他们逐渐对中华文化产生了浓厚的兴趣。这期间，英国汉学界涌现出一批学养丰厚、著述等身的汉学家，其中影响力最大的是"19世纪英国汉学三大代表人物"——理雅各（James Legge）、德庇时（Sir John Francis Davis）与翟理思（H.A.Giles）。理雅各将毕生精力都投到中国古代经典的翻译当中；德庇时则聚焦于中国古典诗歌，编译了《中国诗选译》；翟理思翻译的《古今诗选》，选译了近200首18世纪以前中国历代诗人的诗作。一时间，唐诗，尤其是李白、杜甫、白居易的诗被英国汉学家熟知并多次译介。

以宋词为代表的中国词作直到20世纪上半叶才被西方汉学家翻译。1933年出版的、由克拉拉·M·甘淋（Clara M. Candlin）女士编译的《风信集：宋代诗词歌赋选译》，是英语世界第一部具有断代性质的词作英译本。该书收录并翻译中国诗词共79首，其中以宋词为主体，涉及的词人有晏殊、欧阳修、柳永、苏轼、周邦彦、李清照、朱敦儒、辛弃疾、陆游、姜夔等26位，基本涵盖宋代有影响力的重要词人。

当时，欧洲刚结束第一次世界大战不久，战争的创伤使得一些西方知识分子痛感西方文明的堕落，一直津津乐道的"博爱精神"被惨无人道的杀戮所取代。他们开始反思自身文化缺陷，有意识地向东方民族汲取思想的浆泉，期望恢复西方的人文精神。英国剑桥大学教授、著名文学评论家、小说家阿瑟·奎勒库奇（Arthur Quiller-Couch）曾写道："我强烈感觉到，学习中国诗歌——它是沉思性的、寻求自身的智慧，一定对我们这个身处混乱、惊恐、战火弥漫的时代里的欧洲诗人是一剂良药。"从这番话里不难看出，尽管英语世界的知识分子并不了解中国诗词的主题与艺术特点，但急于向中国诗歌寻求精神救赎的强烈愿望着实溢于言表。

千百年前，唐诗宋词漂洋过海传到日本，跋山涉水传到朝鲜，近代又远渡重洋传到英国，让烙着唐诗宋词印记的日本汉诗文、韩国词学、西方汉学都发展成为世界文学中的重要部分。千百年后，唐诗宋词虽饱经沧桑岁月，但仍体现着中国人的审美追求和价值观，字里行间洋溢着的韵律之美与文人情怀，也一直是我们学习、借鉴、品读的范本。

第一章

唐诗登峰

唐诗发展记略

　　唐代是中国诗歌发展的巅峰时期。强大的国力、兼收并蓄的文化和众多伟大杰出的诗人把诗歌推向极顶。

　　有唐一代，上自帝王将相，下至田夫野老，中及豪门贵族、军营幕府、神仙侠客、歌楼酒肆，无一不可入诗，而且大家辈出。李白和杜甫是唐朝双峰并峙的大诗人。李白以浪漫主义的手法，通过写自我、写个性，表现了唐王朝强大、开放的时代氛围；杜甫则以现实主义的手法，通过写社会、写人生，表现了唐王朝由盛转衰的历史图景。另外，王维、孟浩然的山水田园，写佛写隐；岑参、高适的边塞从军，写苦写乐；白居易的通俗，韩愈的险峭，李贺的怪谲，杜牧的轻捷俊爽，李商隐的秾丽缠绵，无不自有个性，异彩纷呈。

　　唐代是诗的时代，高山仰止，令人神往。

唐诗宋词　韵律之美与文人情怀

✕

PART 01

初唐诗歌：风骨重振，律诗成型

初唐前期，诗歌受南朝齐梁诗风影响，题材较为狭窄，追求华丽辞藻，多为宫廷娱乐消遣之作。不过，由于注重骈俪对仗，也出现了一些相当完整的律诗，对唐代五七言近体诗的完善有一定贡献。

待到"初唐四杰"王勃、杨炯、卢照邻、骆宾王的出现，唐诗在内容题材、审美追求和风格上都发生了关键性的转变。"初唐四杰"开创了不同于南朝齐梁诗风的新气息，扩大了诗的表现范围，从台阁走向了关山和塞漠。他们无论是写边塞，还是写从军，抑或是写送别，都开始显示出雄伟的气势和开阔的襟怀。

"初唐四杰"的作品与齐梁诗风不同，在内容上，突破了六朝以来诗歌描写宫廷生活形式主义的狭小范围；在风格上，比较清新活泼。例如王勃的《送杜少府之任蜀州》：

> 城阙辅三秦，风烟望五津。
>
> 与君离别意，同是宦游人。
>
> 海内存知己，天涯若比邻。
>
> 无为在歧路，儿女共沾巾。

✕ 宋·赵伯骕《关山行旅图卷》（局部）

  该诗赞美唐朝京城长安形制的壮阔，把远隔"天涯"视如近邻，反对临别洒泪的儿女情态，有一种豪迈的气概。

  "初唐四杰"才气横溢，不满现状，他们通过自己的诗作抒发愤激不平之情和壮烈的怀抱，拓宽了诗歌题材。如杨炯的《从军行》中"宁为百夫长，胜作一书生"的激扬豪放格调，为唐初诗坛吹进一股新风。诗中表现了青年人不愿皓首穷经，而想投笔从戎，到边疆建功立业的慷慨意气，宁可做个低级军官百夫长，也不想做书生老死窗下的志向。

  卢照邻的歌行最有成就，如《长安古意》对仗工整，音律谐美，成为初唐歌行的特色。而骆宾王的《于易水送人》"此地别燕丹，壮士发冲冠。昔时人已没，今日水犹寒。"慷慨悲壮，一扫六朝浮靡，也显出初唐诗人的特色。

　　在诗的体式上，初唐已完成了五七言律体的定型。律诗属于近体诗，是相对于古体诗而言的。古体诗分四、五、七言和杂言，平仄没有限制，也不求对偶。近体诗平仄和押韵有一定的体式，也要求对偶。律体的定型，对中国诗歌的发展影响深远，成为中国古代诗歌的一种主要体式。

　　在初唐后期，出现了两位重要诗人：陈子昂和张若虚。

　　继"四杰"而起的是陈子昂。他从理论上对南朝以来衰弱的诗风提出批评，反对齐梁间单纯追求辞藻华丽、毫无实际内容的形式主义文学，推崇《诗经》，提倡"汉魏风骨"，主张诗应该有所寄兴，也就是要恢复诗歌反映现实的优良传统。

　　陈子昂的三十八首《感遇》就是这一主张的实践，比较全面地反映了

✕ 南宋·马远《雕台望云图》

当时社会的许多问题，而他写得最好、影响很大的是《登幽州台歌》：

> 前不见古人，后不见来者。
> 念天地之悠悠，独怆然而涕下。

这首诗抒发了诗人怀才不遇的悲怆，但其中所蕴含的却是自信和抱负，有一种得风气之先而不被理解的孤独感。该诗苍凉辽阔，哀而不伤，被认为是怀古诗的绝唱。

陈子昂以诗歌创作实践了自己的文学主张。他的诗风骨峥嵘，寓意深远，苍劲有力，一扫六朝浮艳华靡的文风，被誉为"诗骨"。由此观之，无论从理论还是实践角度来说，陈子昂都可谓转变初唐诗风的重要人物，对于开创唐代诗歌的黄金时代起到了积极作用。

在初唐诗歌还受六朝柔靡诗风影响的背景下，张若虚的《春江花月夜》一洗六朝宫体诗的浓脂腻粉，给人以澄澈空明、清丽自然的感觉。"春江潮水连海平，海上明月共潮生。滟滟随波千万里，何处春江无月明……江畔何人初见月？江月何年初照人？人生代代无穷已，江月年年望相似……"优美的诗句既有南方民歌的色彩与风调，又成功地运用了经齐梁到初唐百年酝酿而接近完成的新诗格律，还首次探索了七言诗中以小组转韵结合长篇的技巧，三者完美糅合，写出了月夜春江明丽纯美的境界，

╳ 宋·萧照《春江花月夜图页》

融诗情、画意、哲理为一体，创造出非常完美的意境，具有极高的审美价值，被称为"孤篇横绝，竟为大家"。

总之，初唐诗歌显示了过渡和创新的特点，是唐代诗歌走向兴盛的准备阶段。在文风上，初唐时期的诗人作品气象万千，雄浑博大，已经逐渐从南北朝纤钩狭小的宫体诗中走出来，开辟了新的世界。而陈子昂和张若虚在艺术上的成熟，则透露出盛唐诗歌行将到来的信息。

PART 02
盛唐诗歌：会当凌绝顶，一览众山小

　　8世纪初，唐王朝进入经济繁荣、国力强盛的盛唐时期。盛唐诗歌声律与风骨兼备，题材广阔，流派众多。唐诗发展渐至顶峰，不仅出现了以王维、孟浩然为代表的"田园诗派"，以高适、岑参为代表的"边塞诗派"，更有伟大的浪漫主义诗人李白和现实主义诗人杜甫，成为这一时期最杰出的诗人代表。盛唐诗歌因而成为一代之冠，有如泰山极顶，雄视千古。

田园诗：诗中有画，画中有诗

　　中国古代的田园诗是指歌咏田园生活的诗歌，多以农村景物和农民、牧童、渔夫等的劳作场景为题材。东晋大诗人陶渊明开创了田园诗体，到了唐朝，田园诗成为隐居不仕的文人，以及从官场上退居田园的仕宦们描写田园生活的诗歌，其风格恬淡疏朴。

　　田园诗作者中最有名的当属王维。王维虽曾为官，但受佛教思想影响，厌倦官僚生活，长期隐居。他热爱大自然，沉浸田园生活，诗写得恬

✕ 明·仇英《莲溪渔隐图》

静闲适，具有一种静态之美。如《渭川田家》：

斜光照墟落，穷巷牛羊归。

野老念牧童，倚杖候荆扉。

雉雊麦苗秀，蚕眠桑叶稀。

田夫荷锄至，相见语依依。

即此羡闲逸，怅然吟式微。

夕阳的余晖映照着村落，归牧的牛羊涌进村巷。老人惦念着去放牧的孙儿，拄着拐杖在柴门外张望。在野鸡的声声鸣叫中，小麦已经秀穗，吃足桑叶的蚕儿开始休眠。丰年在望，荷锄归来的农民彼此见面，聊起家常。这美好的情景使诗人联想到官场明争暗斗的可厌，觉得隐居在这样的农村该是多么安静舒心。惆怅之余，诗人不禁吟起《诗经》中"式微，式微，胡不归"。天黑了，天黑了，为什么还不回家呀？以此表明他归隐田园的志趣。

宋代苏东坡评王维"诗中有画，画中有诗"。《渭川田家》就是一幅田园生活画卷。

王维的诗，融诗情画意于一体，把人引向秀丽明净的境界，那里洋溢着勃勃生机。如《山居秋暝》：

空山新雨后，天气晚来秋。

明月松间照，清泉石上流。

竹喧归浣女，莲动下渔舟。

随意春芳歇，王孙自可留。

雨后的松林间，月色皎洁，泉流琮琮。浣纱女踏着月色，从竹林间嬉闹着归来，渔人正分开荷叶，摇舟远去。山村之夜，如诗如画。该诗表现出人与自然和谐相处的那份宁静平和的心境。

与王维齐名的田园诗人是孟浩然，他长期漫游和隐居，以田园诗闻名于世。他的《过故人庄》一诗流传最广：

> 故人具鸡黍，邀我至田家。
>
> 绿树村边合，青山郭外斜。
>
> 开轩面场圃，把酒话桑麻。
>
> 待到重阳日，还来就菊花。

老朋友杀鸡煮饭，请他到村中做客。近看，茂密的绿树严严地围住村庄；远望，青翠的山峦向远方延伸开去。打开轩窗，可见到堆着谷物的场院和青青的菜园；端着酒杯，兴致勃勃地聊起桑麻的长势和收成。在这样的天然图画中，与好友饮醇酒、品佳肴，纵情谈笑，该是多么快乐和惬意！酒后，朋友间仍恋恋不舍，约定九九重阳节再来欢聚，届时畅饮美酒，醉赏菊花。这首诗用朴素的语言写出了恬静的农村生活，充满着生活情趣。

孟浩然的诗善于用最省静的笔墨描写山水风物的秀美。如《春晓》仅用20字就写出了春日那种明媚、静美、舒畅的感觉：

> 春眠不觉晓，处处闻啼鸟。
>
> 夜来风雨声，花落知多少。

诗人抓住春日清晨刚刚醒来时的一瞬间展开联想，描绘了一幅春日清晨的绚丽图景，抒发了诗人热爱春天、珍惜春光的美好心情。全诗语言平易浅近，自然天成，言浅意浓，景真情真，深得大自然的真趣。

✕ 宋·佚名《柳溪春色图》

又如《宿建德江》，也仅用20个字，便写出了无尽的情思韵味：

> 移舟泊烟渚，日暮客愁新。
> 野旷天低树，江清月近人。

暮烟笼罩中的一抹树林，一轮水中月影。在这朦胧而明净、深远而静谧的境界中，弥漫着一缕淡淡的乡愁。孟浩然的许多诗都是这样，以极简的文字表现多重境界和情思。

边塞诗：写在远方的时代精神

边塞诗是以边疆地区汉家军民生活和自然风光为题材的诗。它起于汉魏六朝，兴于隋，入唐进一步发展，盛唐进入鼎盛时期，出现了著名的边塞诗派。盛唐边塞诗已全面成熟，格调大多昂扬奋发、雄浑豪迈，艺术性强，其中尤以高适、岑参、王昌龄、王之涣四人最为著名，史称"四大边塞诗人"。

唐朝文人普遍向往边塞立功，"四大边塞诗人"也大都到过边塞，对军旅生活有亲身体验，如王昌龄、高适、岑参都是进士及第前后从军边塞的。他们从戎而不投笔，将边塞风光的苍凉与壮美、戍边卫国的豪迈情

╳ 唐·韩干《牧马图》

怀,以及奋发进取的时代精神,都写在了远方的诗中。

在"四大边塞诗人"中,高适的边塞诗成就最高,代表作如《燕歌行》《蓟门行五首》《塞上》《塞下曲》《蓟中作》《九曲词三首》等。这些边塞诗歌颂了战士奋勇报国、建功立业的豪情,也写出了他们从军生活的艰苦及向往和平的美好愿望。同时,高适还在长期的边塞生活中看到了一些阴暗面,揭露了边将的骄奢淫逸、不恤士卒,流露出忧国爱民之情。

在《燕歌行》中,高适开头就写出了战士们决心破敌,擂鼓进军的豪壮意气:"男儿本自重横行,天子非常赐颜色。"但接下来却描绘出胡骑践踏下的萧条景象,"山川萧条极边土,胡骑凭陵杂风雨。"现实是黑暗的,完全打破了高适的幻想,就在"战士军前半死生"的严峻时刻,将领们却过着花天酒地、"美人帐下犹歌舞"的腐朽生活。在诗的结尾处,高适不胜感慨:"君不见,沙场征战苦,至今犹忆李将军。"李将军即西汉名将李广,他守边时,匈奴不敢犯边,而且他还身先士卒、爱兵如子。高适借此道出了戍边战士的心愿,希望有良将出来率领他们保卫祖国,他们亦愿意追随他,为国捐躯。

高适的诗风雄壮慷慨。其《塞下曲》中有这样的诗句:

> 万里不惜死,一朝得成功。
>
> 画图麒麟阁,入朝明光宫。
>
> 大笑向文士,一经何足穷!
>
> 古人昧此道,往往成老翁。

我们从中可以感受到高适立志从军出塞、征战立功,而不屑于皓首穷经的豪情,笔力雄健,气势奔放,洋溢着盛唐时期所特有的奋发进取、蓬勃向上的时代精神。

岑参长于七言歌行，风格与高适相近，后人多并称"高岑"。《走马川行奉送出师西征》《轮台歌奉送封大夫出师西征》《白雪歌送武判官归京》是岑参的三篇代表作。他写边塞风物的雄奇瑰丽，写军人的豪雄奔放，对边塞风光、军旅生活，以及异域风俗都有亲切的感受。所以，荒漠与艰苦，在他笔下都成了充满豪情的壮丽图画。他的诗洋溢着爱国热情和建功立业的英雄气概。他的《走马川行奉送出师西征》以雄浑的画笔描绘了壮丽的边塞风光以及艰险苦寒的生活，表现了战士们胜利的信心和乐观豪迈的气概，这正是盛唐时代精神的体现。

岑参还善于用积极浪漫主义的手法，描写与中原大不相同的边塞风光。这一特色在他的《白雪歌送武判官归京》中，表现得尤为突出。边塞一场大雪，被写成了"忽如一夜春风来，千树万树梨花开"，景象壮丽，极富浪漫主义色彩。诗中夸张地描绘祖国的边塞风光，充满异域风情的胡琴、羌笛的乐声，以及戍边将士不畏艰辛、保卫疆土的精神，表达了岑参乐观奔放的情感和对战友惜别难舍的深情。《逢入京使》这首七言绝句也是岑参创作的名篇：

故园东望路漫漫，双袖龙钟泪不干。

马上相逢无纸笔，凭君传语报平安。

此诗描写了岑参远涉边塞，路逢回京使者，托带平安口信，以安慰悬望的家人的场面，充满浓厚的人情味。诗文语言朴实，不加雕琢，却饱含着思乡之情与渴望建功之情，一脉亲情、一腔豪情，交织相融，真挚自然，感人至深。

王昌龄与李白、王维、高适、王之涣、岑参等人交往深厚。他以七绝见长，尤以赴西北边塞所做的边塞诗最为著名。王昌龄诗绪密而思清，代

╳　元·赵孟頫《马轴》

表作有《出塞》《从军行》等。他的边塞诗有一种深厚的历史感和清刚的风格。由于他的七言绝句有极高的艺术成就，后人誉之为"七绝圣手"。《出塞》是王昌龄的七言绝句代表作：

> 秦时明月汉时关，万里长征人未还。
>
> 但使龙城飞将在，不教胡马度阴山。

此诗慨叹戍边远征之苦，体现出王昌龄对家国的爱重，表达了对当时将领凡庸的感慨，希望能出现卫青、李广那样的良将守卫边防。

《从军行》（其四）：

> 青海长云暗雪山，孤城遥望玉门关。
>
> 黄沙百战穿金甲，不破楼兰终不还。

诗中的后两句，堪称是名篇中的名句。该诗不仅写出边塞风光之美，同时也写出了将士们英勇善战、誓死杀敌的气概。

《从军行》（其五）：

> 大漠风尘日色昏，红旗半卷出辕门。
>
> 前军夜战洮河北，已报生擒吐谷浑。

这首诗描写的是奔赴前线的戍边将士，听到前方部队首战告捷时的欣喜心情，歌颂了将士们奋勇杀敌、忘我报国的英雄主义精神。全诗气魄宏大，热情洋溢，一扫以往边塞诗凄婉悲凉的风格。

王之涣出身望族，少年时豪侠义气，常击剑悲歌。成年后，以门荫入仕，后弃官不做，家居十五年，虚心求教，专心写诗，常与高适、王昌龄等相唱和。他写西北风光的诗篇颇具特色，大气磅礴、意境开阔、热情洋溢、韵调优美、朗朗上口，被广为传颂。他的诗用词十分朴实，但意境极为深远。可惜因为散失严重，传世之作仅6首。但这6首绝句，可以说每首都是好诗，其中以《登鹳雀楼》《凉州词》最为著名，使他赢得了百世流芳的显著地位。

> 白日依山尽，黄河入海流。
>
> 欲穷千里目，更上一层楼。

《登鹳雀楼》描绘太阳下山、黄河奔流的壮丽画面，仅用寥寥20字就写出了落日山河苍茫壮阔的景色，以及登高望远、极目骋怀的一片雄心，诗思高远，很富启示性。其实，王之涣并没有见到黄河入海，但他的思想突破了眼前景物的限制，飞越千里，想象黄河入海的宏伟景象。"欲穷千里目，更上一层楼，"含义深远，韵味悠长，更是表现了王之涣心胸开阔、高瞻远瞩的进取精神。

黄河远上白云间，一片孤城万仞山。

羌笛何须怨杨柳，春风不度玉门关。

《凉州词二首·其一》以塞外的荒寒壮阔为背景，以羌笛吹奏《折杨柳》曲调为引线，一开头就以雄健的笔调写出了边塞的雄壮，很有气势，后两句透露出征人久戍思乡的惆怅。王之涣以一种特殊的视角描绘了远眺黄河的特殊感受，同时也展示了边塞既雄美壮阔又荒凉寂寞的景象。后两句诗虽极力渲染戍边将士怀乡之情，但却没有颓丧消沉的情调。

另有同时代诗人王翰所作的《凉州词》也同负盛名：

葡萄美酒夜光杯，欲饮琵琶马上催。

醉卧沙场君莫笑，古来征战几人回。

这首诗着力渲染了出征前盛大华丽的酒筵，以及将士们痛快豪饮的场景，"醉卧沙场"表现出来的不仅是豪放、旷达的情怀，还有视死如归的勇气。全诗意境开阔，语言华美，节奏明快，极富浪漫气息，展现出一种激动、兴奋和向往的艺术魅力。这正是盛唐边塞诗的特色，千百年来，一直为人们所传诵。

除"四大边塞诗人"之外，盛唐大诗人李白、杜甫、王维等也都写过边塞诗,这些边塞诗也成为他们的代表作,如李白的《关山月》《塞下曲》《战城南》《北风行》等,杜甫的《前出塞九首》《后出塞六首》等,王维的《燕支行》《少年行》《使至塞上》等。其中《使至塞上》的"大漠孤烟直,长河落日圆"更是边塞诗中的名句。

边塞诗是唐诗中一个主要题材,其意象宏阔、基调昂扬、异彩纷呈,歌行、律绝皆有佳作。就其美学上来说,呈现一种壮美、阳刚之美,令人感到一种积极向上的生命力,体现了唐朝当时作为泱泱大国的雄浑精神。

盛唐李杜诗:光焰万丈长

最能反映盛唐精神风貌、代表盛唐诗歌高度艺术成就的,是伟大诗人李白。

李白是一位性格豪迈、感情奔放、不受拘束而又向往建功立业的诗人。他的诗充分表现了盛唐士人阶层的自信与抱负,神采飞扬,充满理想色彩。他的诗歌成就是多方面的,极大地丰富了古体诗的表现技巧,把乐府诗的写作推进到了一个新的高度。

李白的七言绝句和王昌龄的七言绝句,被后世推为唐人七绝的代表作。他的诗有着鲜明的艺术个性:爆发式的抒情、变幻莫测的想象和明丽的意象。李白把乐府和歌行写得有如行云流水,感情喷涌而出时有如黄河之水,奔腾千里,一泻而下。

李白生于盛唐,感受着盛唐昂扬的时代精神,晚年又亲眼看到唐代社会的衰败，理想和现实之间发生了巨大反差。他的诗里既有建不世之功于指顾之间的信心，又常常有愤慨不平和对朝廷黑暗的抨击。他曾经供奉翰林，得唐玄宗赏识，却不久后因权臣毁谤，被逐出朝廷，这才明白朝政其实已经腐败不堪。他说自己是"吟诗作赋北窗里，万言不值一杯水"，有才华却不得重用，而被他痛斥的那些庸才却春风得意，正可谓"骅骝拳跼不能食，蹇驴得志鸣春风"。然而，即使处在失意的境况中，李白也不忘报国，安史乱起之后前后两次从军。尤其是第二次，他不顾 61 岁的高龄请缨杀敌，希望在垂暮之年为挽救国家危亡尽力，后因病中途返回，次年病逝。

李白的诗想象瑰奇，如《蜀道难》《梦游天姥吟留别》就是这样的诗。在想象之中又常常带着夸张的成分，写愁生白发，说是"白发三千丈"；写

✕ 南宋·佚名《观瀑图》

庐山瀑布，说是"飞流直下三千尺，疑是银河落九天"；写黄河，说是"黄河落天走东海，万里写入胸怀间"。他是一位富于想象的诗人，他的诗常常带着强烈的主观色彩。又因性格开朗豪放，所以他的诗意象巍峨、色彩鲜艳。他纯然是一位天才的诗人，创造了古代浪漫主义文学高峰，其歌行体和七绝达到了后人难以企及的高度。

李白的诗歌对后代产生了极为深远的影响。中唐的韩愈、孟郊、李贺，宋代的苏轼、陆游、辛弃疾，明清的高启、杨慎、龚自珍等著名诗人，都受其巨大影响。

当时的另一位伟大诗人，是被后人称为"诗圣"的杜甫。杜甫比李白小11岁，两人的深厚友情成为千古传颂的文坛佳话。杜甫的青年时代，与许多盛唐诗人一样，都有过"裘马轻狂"的漫游生活，但他的主要活动是在安史之乱以后。他深受儒家思想影响，有"致君尧舜"的抱负，而一生却穷愁潦倒，因此在感情上更能体会民众的疾苦。

安史之乱给唐代社会带来巨大的破坏，半个中国沦为丘墟，杜甫在战火中流离转徙。于是，战争中许多重大事件、战争带来的破坏、战火中百姓的心态，在杜诗中都有极为生动的反映。唐代没有任何一位诗人，像他那样深刻地反映安史之乱的历史，因此他的诗被称为"诗史"。由于自身的坎坷遭遇，杜甫对百姓的苦难深有感触，发为歌吟，家国之痛与个人的悲哀也就融为一体。《春望》《登岳阳楼》《秋兴八首》等都是这样的诗。"感时花溅泪，恨别鸟惊心"，"戎马关山北，凭轩涕泗流"，"请看石上藤萝月，已映洲前芦荻花"，百感交集，既是身世之感，又是家国之悲，二者已经很难分开了。

唐诗从杜甫开始，题材转向写时事、写底层百姓的生活；写法上采用叙事和细节描写并举，同时在叙事和细节描写中抒情。为便于写时

✕ 清·丁观鹏《杜甫诗意图》（局部）

事，杜甫多用古体，而且律诗成就非常高。在杜甫的1400多首诗中，律诗占70%以上。他的律诗拓宽了表现范围，发挥出了律诗这一体式的表现力，既严格遵守格律规则，又打破格律的束缚，变化莫测而又不离规矩，写得出神入化。如《春望》就是这样一首诗。有时为了更完整地表现一个事件或由某一事件引起的感想，杜甫甚至会采用组诗的形式。用组诗写时事，是杜甫的创造。总之，律诗，尤其是七律，到了杜诗已是高度地成熟了。

李白和杜甫是我国古代最为著名的、影响最为深远的诗人，合称为"李杜"。中唐古文运动领袖韩愈给予他们极高的评价："李杜文章在，光焰万丈长。"在艺术手法和艺术风格上，二人不尽相同：李白是感情喷涌而出，杜甫是反复咏叹；李白是想象瑰奇，杜甫是记事写实；李白是奔放飘逸，杜甫是沉郁顿挫。一般认为，在中国的诗歌发展史上，杜甫带有集大成的性质，对于后来者有着更为深远的影响。

PART 03
中唐诗歌：不平则鸣，为时而著

"安史之乱"后的唐代中期，诗歌的发展走向多元化，出现了有明确艺术主张的不同流派。

以韩愈为领袖，包括孟郊、李贺等诗人在内的"韩孟诗派"，在盛唐诗歌高不可及的成就面前，另寻新路。他们主张"不平则鸣"，苦吟以抒愤，追求怪奇之美，注重主观心理，常常打破律体约束，以散文句式入诗。

在这一派的诗人里，李贺是一位灵心善感，却只活了27岁的天才诗人。他的诗里充满了青春乐趣的五彩世界，以及人生寥落的悲哀，这些与过早到来的迟暮之感交织在一起，使他的诗想象怪奇丰富，意象色彩斑斓，而且组合密集。在这个诗派里，李贺的诗有着特别鲜明的风格特征。

另一个诗派，是以白居易、元稹为代表的诗歌流派——元白诗派。他们重写实，尚通俗。他们发起"新乐府运动"，强调诗歌惩恶扬善、补察时政的功能，语言方面则力求通俗易解，走了一条与韩孟诗派完全不同的创作道路，但二者实质都是创新。

白居易主张"文章合为时而著，歌诗合为事而作"（《与元九书》），即诗文要为时代服务，为现实服务。这种明确的理论是相当进步的。他熟悉和同情百姓疾苦，他的政治讽喻诗《新乐府》五十首和《秦中吟》十首，都是关心国事、抨击黑暗现象和为民请命的好作品。他的《卖炭翁》描写了一个卖炭老人的遭遇，对统治者掠夺人民的罪行给予抨击，讽刺了当时黑暗的社会现实，表达了作者对下层劳动人民的深切同情，有很强的社会意义。在艺术表现上，白居易主张要写得通俗易懂，这一点与韩孟诗派正好相反。白居易既写有大量的讽喻诗，也写了不少闲适诗，而艺术上最成功的，是长篇歌行《长恨歌》和《琵琶行》。

中唐的著名诗人还有刘禹锡和柳宗元，他们的艺术风格既不同于韩、孟，也不同于元、白，有着自己的特点。刘禹锡的诗写得比较明快，很少晦涩，特别是被贬期间写的民歌体诗，更是新鲜活泼，格调明快，具有浓厚的地方色彩。他的近体诗则写得含蓄精辟，风格刚健爽朗，具有积极向上的精神，在艺术上也是独辟蹊径的，对唐诗的发展做出了独特的贡献。

柳宗元的诗歌大部分作于贬官永州、柳州时期。他的诗歌创作的一项重要内容，便是抒写被贬的抑郁悲伤和思乡之情，忧愤深广，风格清冷峭拔。如《江雪》：

千山鸟飞绝，万径人踪灭。

孤舟蓑笠翁，独钓寒江雪。

这便是柳宗元被贬到永州之后写的诗，借寒江独钓的渔翁，抒发自己孤独郁闷的心情。

× 明·陆治《寒江钓艇图》

PART 04
晚唐诗歌：夕阳无限好，只是近黄昏

晚唐诗歌，又是一变。中唐那种改革锐气消失了，诗人们走向自我。这时出现了大量写得非常好的咏史诗，杜牧就是其中的代表诗人。作为写咏史诗的大家，杜牧对历史的思索其实是对现实的感慨，历史感和现实感在流丽自然的形象和感慨苍茫的叹息中融为一体，如《江南春》：

> 千里莺啼绿映红，水村山郭酒旗风。
>
> 南朝四百八十寺，多少楼台烟雨中。

这是杜牧千古传诵的名篇。这首七言绝句将美丽如画的江南自然风景和烟雨蒙蒙中的南朝人文景观结合起来，在烟雨迷蒙的春色之中，渗透出诗人对历史兴亡盛衰的感慨和对晚唐国运的隐忧。

杜牧生活的晚唐时代，唐王朝已成大厦将倾之势，而当政者却追求长生不老，一意提倡佛教，致使僧尼数量持续上升，寺院经济持续发展，大大加重了国家的负担。杜牧来到江南，不禁想起以前的南朝，尤其是梁朝事佛的虔诚，到头来是一场空，不仅没有求得长生，反而误国害民。此诗既是咏史怀古，也是对唐王朝统治者委婉的劝诫。

杜牧诗作以七言绝句著称，乃至晚唐诸家让渠独步。《山行》是他的另一首名篇代表作：

> 远上寒山石径斜，白云生处有人家。
> 停车坐爱枫林晚，霜叶红于二月花。

诗中描绘了秋日山行沿途所见的景色，山路、人家、白云、红叶，构成一幅和谐动人的山林秋色图。全诗构思新颖，布局精巧，于萧瑟秋风中摄取绚丽秋色，不是春光却胜似春光。末句是全诗中心，一笔重写之后，戛然而止，显得情韵悠扬，余味无穷。

这是一首赞颂秋天的诗。诗人没有像寻常文人那样，在秋天到来之时，悲伤叹息，而是热情歌颂了大自然秋色之美，体现出作者虽然身处晚唐末世，却仍不失积极向上的精神。

纵观唐诗的发展，盛唐的意境创造达到了意象玲珑、无迹可寻的纯美境界，是一个高峰；杜甫由写实而走向集大成，是又一个高峰；中唐诗人在盛极难继的情况下，另辟蹊径，或追求怪奇，或追求平易，别开天地，又是一个高峰。唐诗发展至此，大有山穷水尽之势。然而晚唐艺术成就最高的一位诗人李商隐以其深厚的文化素养、惊人的才华，开拓出一个充满朦胧幽约之美的意境，让诗歌境界达到了新的高峰。

李商隐是一位善于表现心路历程的诗人，感情浓烈而细腻。他的爱情诗深情绵邈，隐约迷离，刻骨铭心而又不易索解。他的不少诗，特别是无题诗，情思流动是跳跃式的，意象组合是非逻辑的，意旨朦胧而情思可感，往往可作多种解释。他的艺术技巧达到了出神入化的境界，极大地扩展诗的感情容量，为唐诗的发展做出了最后的贡献。正所谓"夕阳无限好，只是近黄昏"。

✕ 宋·萧照《丹林诗思图》

总之，唐代诗歌，无论从诗人之众多、题材之广泛，还是从艺术之高超、影响之深远来说，都是前所未有的。

唐朝是中国历史上空前强大的帝国，在当时是世界上最先进、文明程度最高的国度，不仅物质富庶繁华，政治开明，文化也极其繁荣，尤其唐诗更是发展到了中国文学史的顶峰。大唐帝国是诗的国度。今天可考的唐诗作者有3700多人，其中特别突出的世界级大诗人就有李白、杜甫、白居易、王维等，还有独具风格的著名诗人五六十名，这一数字大大超过战国至南北朝著名诗人的总和。今天可见存世的唐诗有5万余首，比西周至南北朝一千六七百年遗留的诗歌总和还多两到三倍。

唐代开国以来的重大事件，诸如对外用兵、安史之乱、藩镇割据、朋党之争、外族入侵、宦官专权、农民起义都可以从唐诗中找到相应的诗句。当时人们生活的各个侧面，各种活动情景，诸如游宦、从军、山

✕ 五代·周文矩《琉璃堂人物图》

水、田园、宫怨、闺思、悼亡、赠别、咏怀、游仙，无一不入唐诗。前人创造出的一切形式，诸如乐府、古诗、律诗、绝句、五言、七言、杂言，到此无不得心应手地接过来，用上去，而一切又都用得那么和谐、那么熟练、那么顾盼生辉，其中更不乏后世难以逾越的登峰之作。所以，鲁迅先生曾说："我以为一切好诗，到唐朝已被作完。"唐诗代表了中华诗歌的最高成就。

第二章

宋词造极

宋词发展记略

　　词始于唐，兴于五代，造极于宋，达到完美境界。

　　宋代城市经济繁荣、物质生活丰富，人们对文化生活追求强烈。从风花雪月、春愁秋恨，到人生际遇、悲欢离合，再到羁旅行役、兴亡盛衰，无一不可入词。宋代皇帝几乎人人爱词，文人士大夫也几乎个个是词人。晏殊被称为"词家初祖"，其词舒婉明丽。柳永身为婉约词代表，首启宋词全面革新，大力创作慢词，将赋法、俚俗移植于词，丰富了词的表现手法，对宋词的发展起到了转折性作用。其后，苏轼又对宋词进行了彻底革新，创立豪放派，扩大了词的选材范围，为日后南宋爱国词奠定了基础。靖康之难后，忧患意识使得豪放派占据词坛统治地位，其中以辛弃疾为集大成者。

　　宋代是词的时代，佳篇迭出，令人心仪。

唐诗宋词　韵律之美与文人情怀

✕

PART 01

北宋词：一曲新词浣溪沙，赤壁怀古酹江月

960年，北宋王朝建立。宋代是我国文化高速发展的重要时期，尤其是词的发展到了这一时期，逐渐达到顶峰。

北宋立朝之初，武将出身进而"黄袍加身"的宋太祖赵匡胤，深悟晚唐五代君弱臣强、政变频仍的症结所在。为使本朝长治久安，他实行了高度的中央集权，以"杯酒释兵权"的平和方式，削夺了朝中武将的兵权，还开导这些曾拥戴他"黄袍加身"的心腹爱将们远离权力中心，积攒金钱、购房买地留给子孙，再养些歌伎舞女以终天年，唯有如此，才能君臣相安。

在削夺武将权力的同时，宋太祖和宋太宗还推行重文轻武的国策，进一步完善科举制度，选拔大批文官任事，并给予他们极为优厚的生活待遇。于是，文臣武将都有足够的财力广置庄园田产，修建歌台舞榭，蓄养歌伎乐工。一时间，文恬武嬉，纵情声色，追求奢侈享乐的生活方式成了大宋官场上的时尚。

与之相呼应的，是宋朝城市经济空前繁荣，尤其是酒店娱乐业极为昌盛。以北宋都城东京汴梁的繁华景象为例，城内规模宏大的"正店"（正规星级酒店）就有72家之多，其余的"脚店"（供人临时歇脚的小客店）、勾栏

╳ 宋·张择端《清明上河图》（局部）

瓦肆（市民娱乐场所）更是星罗棋布，不计其数，青楼妓馆也散见于大街小巷。酒馆妓院为达官显宦、文人才子、富商巨贾提供了冶游的场所，勾栏瓦肆为广大市民提供了娱乐的去处，整个宋代的城市呈现出一片莺歌燕舞的繁荣景象。享乐成为宋代城市生活的主题。那是一个从官场到市井都追崇"娱乐至死"的年代，于是，与吃喝玩乐相伴相生的词曲艺术，便在吹拉弹唱中得到了长足的发展。

婉约词：承平岁月的浅斟低唱

婉约词，形成于晚唐，继承了晚唐及五代"花间派"词风，修辞婉转含蓄，表现柔腻，多以闲愁别恨为取材，充分发挥了"词主情"的特点。

北宋初期，词风基本上是晚唐、五代婉约词的延续。当时天下承平日久，整个词坛绮靡柔丽，形式主义盛行，多写艳情和士大夫贵族的闲情逸

致。相思爱恋的主题、婉约绮丽的风格和以小令为主的体式，成为这一时期词坛的主要特征。晏殊、欧阳修、范仲淹、王安石，以及晏殊的幼子晏几道，是这一时期词坛的代表人物。

晏殊享有"宋朝词家初祖"之誉。他少年得意，仕途坦荡，官至宰相，一生富贵荣华。其擅长小令，多表现诗酒生活和悠闲兴致，语言婉丽，受五代南唐词风的影响极大，后人称之为"词人宰相"。晏殊的代表作有《浣溪沙·一曲新词酒一杯》《蝶恋花·槛菊愁烟兰泣露》等。他的绝大部分作品的内容都是抒写男女之间的相思爱恋和离愁别恨，风格婉约，如《玉楼春·春恨》：

> 绿杨芳草长亭路，年少抛人容易去。楼头残梦五更钟，花底离情三月雨。
>
> 无情不似多情苦，一寸还成千万缕。天涯地角有穷时，只有相思无尽处。

一帆风顺的人生经历、优裕闲适的生活环境，以及温厚的性情、显赫的地位，都决定了晏殊在写作时纯净雅致、雍容和缓的感情基调。他笔下的相思爱恋，过滤了花间词轻佻艳冶的情态，略去了以赏玩心态对女性容貌色相的描写，而是在闲适的漫步中体味着人间的悲欢离合，在淡淡的哀愁中透露着自我的解脱，如《清平乐·金风细细》：

金风细细，叶叶梧桐坠。绿酒初尝人易醉，一枕小窗浓睡。
紫薇朱槿花残，斜阳却照阑干。双燕欲归时节，银屏昨夜微寒。

清丽淡雅的情致、温润秀洁的语言，正是太平宰相家中歌者的气质。

晏殊的词温婉柔和，风流含情，却又不失清健风骨，一如他坦荡的仕途和胸怀。晏殊的小令闲词以及他的社会地位，对此后宋朝填词成风有相

※ 南宋·赵大亨《薇省黄昏图》

当大的推进引导作用，甚至可以说"导宋词之先路"，影响并促成了"宋词"的形成。单就词曲而论，后来比他有名的北宋文学大家欧阳修、范仲淹、王安石皆出其门下。

欧阳修与晏殊相比，其词虽然也继承了五代南唐词"思深辞丽"的特点，但因欧阳修经历了宦海沉浮，体味了世态炎凉，眼界阔大，感悟深刻，在词作中融入了更多的自我感情体验，使词得以摆脱类型化的对男女恋情的抒写，找到了抒发作者自我独特人生体验的、新的创作方向，如其《朝中措·平山堂》：

平山栏槛倚晴空，山色有无中。手种堂前垂柳，别来几度春风？

文章太守，挥毫万字，一饮千钟。行乐直须年少，尊前看取衰翁。

欧阳修的本色作品善于在情愁迷茫中体现出中正平和、优游不迫、委婉悠回的美感。如《踏莎行·候馆梅残》：

候馆梅残，溪桥柳细。草薰风暖摇征辔。离愁渐远渐无穷，迢迢不断如春水。

寸寸柔肠，盈盈粉泪。楼高莫近危阑倚。平芜尽处是春山，行人更在春山外。

✕ 南宋·赵伯骕《春山图卷》（局部）

范仲淹与他的官场前辈兼词坛盟主晏殊、欧阳修等人相比，有着不同的生活经历。军旅生涯拓展了他的词作内容，他描写边塞生活的《渔家傲·秋思》更是为宋词开辟了崭新的审美境界，其沉郁苍凉的风格成为后来豪放词作的滥觞。范仲淹的词独辟蹊径，为词境的开拓做出了重要的贡献。

因受时代风尚的影响，范仲淹的词大多也是写离愁别恨的婉约词，具有代表性的是《苏幕遮·怀旧》和《御街行·秋日怀旧》。这两首词虽然还没有完全摆脱花间词的束缚，但已经开始从对仕女形象美、服饰美的描绘，转向细致深刻的内心刻画，又把花间代言体那种由男性词人模拟女性口吻来抒写女性行为与心理的词曲，进而改变为个人抒情之作。其写景也由狭小的室内扩展到辽阔的原野，情词真切，不侧艳，不轻浮，骨力遒劲，婉约之中见豪放，很有新意，而气象已在"花间"之外，具有独创性。范仲淹的词中所表述的相思离愁之苦、望远怀人之情，字字珠玑，表现了作者过人的才华，尤其是写离情缠绵细密，一字一句都是真情的流露。

范仲淹的词对于后世词的创作，尤其是促使婉约词沿着健康的道路发展，具有直接的影响。虽然只流传下6首，但范仲淹已经足够成为北宋词坛上承前启后的重要人物。

王安石作为北宋时期的政治家和文学家，其文学成就主要在诗文上，词作不多，但仍能"一洗五代旧习"，境界醒豁。比如，他的代表作《桂枝香·金陵怀古》：

登临送目，正故国晚秋，天气初肃。千里澄江似练，翠峰如簇。征帆去棹残阳里，背西风，酒旗斜矗。彩舟云淡，星河鹭起，画图难足。

念往昔，繁华竞逐，叹门外楼头，悲恨相续。千古凭高对此，谩嗟荣辱。六朝旧事随流水，但寒烟衰草凝绿。至今商女，时时犹唱，后庭遗曲。

✕ 明·佚名《望江楼图》

作为一位政治家，王安石站得高，看得远。这首词正是通过对金陵（今江苏南京）景物的赞美和历史兴亡的感喟，寄托了作者对六朝历史教训的反思和对本朝现状的忧患。上阕写登临金陵故都之所见：澄江、翠峰、征帆、残阳、酒旗、西风、云淡、鹭起，依次勾勒水陆天空的雄浑场面，境界苍凉。下阕写在金陵之所想。"念"字作转折，今昔对比，时空交错，虚实相生，对历史和现实表达出深刻的忧思和沉重的叹息。全词情景交融，境界雄浑阔大，风格沉郁悲壮，把壮丽的景色和历史内容和谐地融合在一起，自成一格，堪称名篇。

除此之外，晏殊的幼子晏几道也是婉约词的重要词人，词风与其父相似，父子二人合称"二晏"。晏几道一生前荣后枯，常以哀丝豪竹抒其微痛纤悲。他工于言情，其小令语言清丽，感情深挚，多写爱情生活，这首抒发对歌女小蘋怀念之情的《临江仙》词，写得幽婉动人：

梦后楼台高锁，酒醒帘幕低垂。去年春恨却来时。落花人独立，微雨燕双飞。

记得小蘋初见，两重心字罗衣。琵琶弦上说相思。当时明月在，曾照彩云归。

当晏殊、欧阳修、范仲淹等官场诸君，沿着花间余香精心结撰令词的时候，流连市井坊间的浪子柳永，正一门心思开始了慢词的创作。"慢"古书上写作"曼"，解释为延长引申的意思，歌声延长了，唱得就缓慢了。宋初的词主要是小令，只是在柳永以后，长篇的慢词才开始流行起来。

柳永一生仕途坎坷，但为人放浪不羁，流落歌楼妓馆、游宦南北东西，这样的生活经历给了他更多的机会去接触民间新兴的乐曲，也使他亲身体味到市井细民朴素而真挚的情感。柳永以当时流行的新声慢曲代替了

落花人獨立 微雨燕雙飛
宋人詞
余集寫

✕ 清·余集《落花独立图》

从晚唐五代流传下来的小令，使词调的构成发生了重要转变。在他的带动下，慢词兴盛起来，后来再经过苏轼、周邦彦等人的着力创作，慢词逐渐掩过小令，成为宋词的主要表现形式。

柳永词有两个主要的艺术特点：一是以俗为美，二是以赋为词。

当柳永还是个参加科举考试的读书人时，常去青楼游玩，因为他善于写歌词，而民间娱乐场所又需要大量歌词，所以歌舞艺人每每一得到新的曲调，必请柳永填词，于是柳词开始流行于世，乃至"凡有井水处，即能歌柳词"。正是由于柳永在创作上的世俗化倾向，才使得柳词获得如此广泛的欢迎。这种"以俗为美"世俗化的倾向，在形式上表现为采用当时流行的新声慢曲创作慢词，并且使用大量富有表现力的口语和俚语进行写作，改变了文人词高雅密丽的贵族面貌；在内容上则表现为对市民阶层情感的大胆抒发，特别是柳永以平等的地位、理解的目光，叙述着发生在自己与歌伎之间的悲欢离合、相思爱恋。这种基于儿女之情的直白写作，在柳永才情的驾驭下，创造出为大众所接受的审美真实。

小令贵在含蓄，长调宜于铺陈。由于柳永大力创作慢词长调，故柳词多用赋体，例如著名的写景词作《望海潮·东南形胜》，恰似一篇袖珍的杭州赋，极尽铺张之能事，将"钱塘"的繁华兴盛呈现在人们的眼前。又如《雨霖铃·寒蝉凄切》《八声甘州·对潇潇暮雨洒江天》等名篇，即事写景、即景写情，铺张扬厉、大开大阖，将凄苦的情愫表现得淋漓尽致。柳永这种"以赋为词"的叙述性手法开拓了一种新的审美取向。通过柳永天才地创作，宋代文人的情感找到了自身的归宿。于是，后来苏轼开始"以诗入词"，辛弃疾开始"以文为词"，宋人开始追求"理趣"。宋词在柳永笔下，有了辉煌的先兆。

柳永是第一位对宋词进行全面革新的词人，也是两宋词坛上创用词调最多的词人。柳永大力创作慢词，将敷陈其事的赋法移植于词，同时充分运用俚词俗语，以适俗的意象、淋漓尽致的铺叙、平淡无华的白描等独特的艺术个性，对宋词的发展产生了深远影响。柳永虽在词的表现方法上大有改进，但仍未脱离婉约风格。

豪放词：变革年代的豪情放歌

宋词真正的发扬光大，是苏轼出现以后才完成的。苏轼历经仁宗、英宗、神宗、哲宗四朝，继欧阳修之后，主盟文坛，宋词正是在他手中达到了高峰。

✕ 明·唐寅《西园雅集图卷》（局部）

神宗当朝时，已进入北宋中期。为改变积贫积弱的局面，神宗熙宁二年（1069年）开始了震动朝野的"王安石变法"。因与王安石政见不合，苏轼遭受排挤，自觉在朝中无法立足，故申请外任，于熙宁四年（1071年）被授杭州通判。三年后，又调往密州（今山东诸城）任知州。正是在密州任上的一次行猎之余，苏轼写下了这首著名的《江城子·密州出猎》：

老夫聊发少年狂，左牵黄，右擎苍，锦帽貂裘，千骑卷平冈。为报倾城随太守，亲射虎，看孙郎。

酒酣胸胆尚开张。鬓微霜，又何妨！持节云中，何日遣冯唐？会挽雕弓如满月，西北望，射天狼。

这是一首豪放词。上阕叙事，叙写郊外出猎；下阕抒情，抒发渴望报效朝廷的壮志豪情。全词气势雄豪，酣畅淋漓，但其中也流露出作者因当时政治上处境不好而生发的失意情绪，自比古之怀才有为之士，希望能早日得到朝廷的信任与重用。

✕ 元·赵孟頫《羽猎图》

当年，这曲新词作罢，苏轼还令一干壮士击掌顿足齐声高歌，伴之吹笛击鼓，和以节拍，场面颇为壮观。他本人也很得意，认为这首小词虽无柳词风味，亦自是一家。

的确，这首词一洗绮罗香泽之态，读之令人耳目一新，在当时假红倚翠、浅斟低唱之风盛行的北宋词坛可谓别具一格，自成一体。这很可能是苏轼第一次作豪放词的尝试，不失为宋人最早抒发爱国情怀的一首豪放词。

然而，苏轼报效朝廷的拳拳之忠并未盼来朝廷的信任与重用，变法新党反倒从其大量诗作中挑出他们认为隐含讥讽之意的字句，告发苏轼讥刺朝廷新法，对上不忠，如此大罪可谓死有余辜！于是御史台派吏卒将苏轼逮捕归案，关进御史台监狱中受审。这就是北宋著名的"乌台诗案"。"乌台"即御史台。据史书记载，汉代因御史台上植有柏树，终年乌鸦栖息其上，故又称御史台为"乌台"，后世将此别称沿用了下来。

当下，新党非要于乌台治苏轼死罪不可。苏轼下狱一百零三日，几遭杀身之祸，幸亏宋太祖赵匡胤在建朝之初就定下"不杀士大夫"的国策，这期间又经有识之士多方救援，就连当时已退休金陵的王安石也上书说"安有圣世而杀才士乎？"这场诗案就此因王安石"一言而决"。苏轼躲过一劫，得以从轻发落，被贬为黄州（今湖北黄冈）团练副使。

"乌台诗案"一说是历史上最早的文字狱，这一巨大打击成为苏轼一生的转折点。

好在苏轼生性豁达，为人坦荡，在被贬黄州的人生至暗时刻，他曾多次到黄州城外的赤壁古战场凭吊，写下了《念奴娇·赤壁怀古》这一千古名篇，在他本人并不如意的变革年代豪情放歌，创立了豪放词派。

词自产生以来，就与歌舞酒宴联系在一起，一直被看作是一种娱乐消遣的手段，难登大雅之堂。文人视词为"艳科""小道"，以余力填词，写成用来助兴之后，便随即"自扫其迹"，自称"谑浪游戏而已"，绝不与用以言志的诗作等量齐观。

苏轼出现以后，从根本上改变了词的"体卑"地位。他认为诗词同源，词为诗之苗裔，凡可入诗者皆可入词。同时，苏轼还提出词须"自是一家"的创作主张，发扬词体音律谐美、句式参差、语意纵横、情致舒卷的特点，使词的美学地位真正能与诗并驾齐驱。苏轼在理论上肯定了词的美学地位，在创作上更以其如椽巨笔为词体的独立奠定了坚实的基础。

首先，苏轼确立了豪放旷达的词体风格，将"男作闺音"的女性化婉约风格，扩展为自言其志的男性化刚健风格，进而创立了豪放词派，形成了独树一帜的雄奇阔大、恢宏浑厚的艺术特点。自苏轼开始，词之豪放与婉约就成为两个最基本的词体风格范畴。

其次，苏轼改变了词"昵昵儿女语"的状态，"以诗入词"提升了词的境界，提高了词的格调。《江城子·老夫聊发少年狂》《念奴娇·赤壁怀古》洋溢着慷慨激昂的英雄气概，《定风波·莫听穿林打叶声》显示了他超然自适的人生态度，《浣溪沙·簌簌衣巾落枣花》刻意将农事写入词中，《水调歌头·明月几时有》则理趣盎然：

明月几时有？把酒问青天。不知天上宫阙，今夕是何年。我欲乘风归去，又恐琼楼玉宇，高处不胜寒。起舞弄清影，何似在人间？

转朱阁，低绮户，照无眠。不应有恨，何事长向别时圆？人有悲欢离合，月有阴晴圆缺，此事古难全。但愿人长久，千里共婵娟。

苏轼将抒发政治怀抱、咏史怀古、写景记游、说理谈玄、感旧怀人等内容都纳入词作，扩大了词的表现功能，丰富了词的情感内涵，拓展了词

的时空场景，真正使词上升为一种与诗具有同等地位的抒情文体，正所谓"词至东坡，其体始尊"。

再有就是苏轼突破了音乐对词体的制约和束缚，以写意为主，推进了词律的发展。前人多谓苏轼不善唱曲，实际上，苏轼作词不被曲所束缚，而是在规定的词律下有所变动，以便给文字更大的自由，让丰沛的激情和奇崛的想象任意驰骋。对于苏轼来说，词首先是一种像诗一样的抒情文体，其次才是演唱的歌词，词最大的魅力在于动心而不在于悦耳。苏轼的这种创作态度和由此带来的创作成果实际上深化了词的内涵，强化了词的文学性，在规则允许的情况下，赋予了词更广阔的发展空间。

总之，北宋词坛以婉约词为正宗，至苏轼才别开生面，突破"词为艳科"的藩篱，以诗入词，不拘于声律，意境清新高远，风格豪迈奔放，创立豪放词体，大大促进了宋词的提升和不同风格竞相发展的繁荣局面，尤其在题材和意境上具有开拓意义，对日后南宋爱国词的创作有着直接影响。

婉约词之格律派：浮华末世的精工之作

北宋到了徽宗时期，已进入危机四伏而愈加浮华的末世。

这时的词坛五音繁会，各有所长，词体艺术的内蕴进一步得到深化。以苏轼为代表的词风在大力开拓词的表现内容的同时，还表现出作为文学作品的词与音乐逐渐分离的趋势。但随着苏轼在徽宗即位初年的去世，另一词坛代表人物周邦彦却是朝另一个方向发展：极端重视词与音乐的配合，使词的声律模式进一步规范化、精密化。

周邦彦精通音律，宋徽宗时供职于北宋掌管乐律的官署——大晟府。人过中年、历经世事的他，身处浮华末世而潜心于词学，创作了不少新词调。其词风与柳永相近，工慢词，善铺叙，内容多写闺情、羁旅，也有咏物之作。他强调规范化的艺术创作，作品构思精巧，格律谨严，层次曲折，文笔跌宕，讲究用字使典，语言精工典雅，在摹写物态上极见功力，刻画细致入微，具有典雅严密的人工美。周邦彦代表词作《苏幕遮·燎沉香》：

燎沉香，消溽暑。鸟雀呼晴，侵晓窥檐语。叶上初阳干宿雨，水面清圆，一一风荷举。

故乡遥，何日去？家住吴门，久作长安旅。五月渔郎相忆否？小楫轻舟，梦入芙蓉浦。

※ 宋·佚名《柳塘泛月图》

　　这首词持律精工，但工而不匠，风格清新活泼，境界淡远高妙。

　　周邦彦是婉约词淳雅化的开创者，形成了以他为主、有着同样创作倾向的"大晟词人群"，而他本人还被看作是北宋婉约词的集大成者。因开启了婉约词的格律一派，周邦彦又被看作是格律派始祖，为后世格律派词人所宗。另外，他还是南宋清雅词的开山祖师，其代表作有《少年游·并刀如水》《兰陵王·柳》等。

　　纵观北宋一代，较有成就的词家主要集中在婉约词派，如晏殊、欧阳修、柳永、晏几道、周邦彦等一批婉约派巨子。尽管苏轼通过自己的创作给大家"指出向上一路"，但当时的文人骚客并不都按照他指出的路数填词，北宋词风仍以婉约为主。即便是苏轼的词，其实也分为婉约与豪放两种，而且以婉约居多。苏轼的豪放词虽开豪放派之先河，但自其故去至靖康之难的二十多年间却无人应和，竟成孤鸣。直到汴梁沦陷，宋室南迁，家国生死存亡之际，才涌现了一批感于山河破碎的愤慨之音和意在收复旧河山的壮志之作，进而深刻影响并改变了那些原在北宋生活安逸的文人之词，如李清照、朱敦儒等人的词作，同时也产生了如张元干、张孝祥、岳飞等一批慷慨报国的豪放之词。正是在两宋更替之际，豪放的山河之慨才应势成为当时的最强音，其后辛弃疾的出现，才最终确立了豪放词与婉约词争雄的局面。

PART 02
南宋词：风流总被雨打风吹去，只有丹心难灭

  1127年，靖康之变，北宋灭亡，历史进入了偏安一隅的南宋时期。只剩下半壁江山的南宋小朝廷苟且偷安、不思进取，在胡马窥江的威胁下，日复一日歌舞升平。然而，时局的动荡带来了文学的巨变，怀念故土、克复中原的愿望成为南宋词坛上永恒的主题，从"怒发冲冠"到"挑灯看剑"，宋词在屈辱中挣扎着发出最嘹唳的呼啸。

  但南宋苟延150余年的时长，足够埋葬几代遗民的铁血丹心。江南水乡的暗香疏影和春社燕子，也让故国山川的风土人情逐渐变得模糊起来，新

╳ 南宋·李嵩《西湖图》（局部）

一代词人大多不再关心千秋功过，只管看足西湖歌舞，但求岁月静好。

怎奈树欲静而风不止。当蒙古铁骑踏破襄阳重镇，退无可退的南国词曲，再也不能隔江以拒从北岸毡帐里传出的胡乐，就连最后几缕激昂的尾声，也尽在元大都的三声炮响中，渐渐消歇。

总被雨打风吹去的南宋词，长期不为人所重视，直到清代，与纳兰性德等词人并称"清词三大家"的朱彝尊才首先明确提出："词家至南宋而极盛，亦至南宋而渐衰。"南宋或许正是词史上最波澜起伏的时期。

伤感词和愤慨词：南渡战乱之际的哀鸣与悲歌

北宋灭亡后，一批负有名气的词人随宋室被迫南渡，由北宋逃到南宋，后人习惯称之为"南渡词人"。

南渡词人主要有李清照、朱敦儒、张元干、张孝祥等人。这批词人有着相同的人生际遇，他们的前半生是在徽宗一朝相对稳定的环境中度过的，安逸的物质生活和士大夫吟风弄月、纵情山水的精神享乐，使他们的词风都呈现出婉媚轻艳的特点。靖康之难以后，金人的铁蹄惊碎了他们的好梦，他们不得不抛下往日的繁华，开始了颠沛流离的逃亡生涯。民族的屈辱、山河的残破以及兵燹的灾祸，无不触动着他们原本敏感柔弱的心灵，思乡爱国之情难以遏止。于是南宋之初，诸多文人在南渡前后词风骤变，从吟歌舞月之词变为伤感、愤慨之词。

南渡词人最伤感的词句出自一位女性词人之手，她就是李清照。南渡之前，甜蜜的生活与美满的婚姻使她此时期的词婉约缠绵。如其写少女情怀的《点绛唇·蹴罢秋千》"和羞走，倚门回首，却把青梅嗅。"又如其写思君之意的《一剪梅·红藕香残玉簟秋》"此情无计可消除，才下眉头，却上心头。"

然而，靖康之变后，人到中年的李清照在金人铁蹄的驱赶下仓皇南渡，恩爱半生的夫君也不幸病逝异乡。国破家亡，李清照开始了凄凉的后半生，正如她的《永遇乐》所自述："如今憔悴，风鬟霜鬓，怕见夜间出去。"而她此时的心情，也就像《声声慢》所道出的最伤感的词句："寻寻觅觅，冷冷清清，凄凄惨惨戚戚。"

她曾在诗中颂扬项羽宁死不屈的英雄气概："生当作人杰，死亦为鬼雄。至今思项羽，不肯过江东。"（《夏日绝句》)，其言外之意是指责高宗赵构的软弱与苟且。然而，国家方略非她所能撼动，投笔从戎亦不可能，李清照只能在转而沉郁的词曲中倾诉着自己无尽的伤感。

朱敦儒同样是两宋之交的一位著名词人。他的青少年时代是在繁华富丽的西京洛阳度过的。其早期词风带有浓厚的"大晟词人"风气，但由于朱敦儒秉性疏狂放浪，所以他的词风又往往透露出一种高傲狂放的气质，例如他那首因拒绝为官所作的《鹧鸪天·西都作》，就是他本人颇为传神的写照：

我是清都山水郎，天教分付与疏狂。曾批给雨支风券，累上留云借月章。
诗万首，酒千觞。几曾著眼看侯王？玉楼金阙慵归去，且插梅花醉洛阳。

宋金交兵之际，朱敦儒这位不理世事的才子词客也不得不仓皇南渡，其词风也由飘逸狂浪转而凄凉伤感，如《卜算子·旅雁向南飞》所云：

旅雁向南飞，风雨群初失。饥渴辛勤两翅垂，独下寒汀立。
鸥鹭苦难亲，矰缴忧相逼。云海茫茫无处归，谁听哀鸣急。

✕ 明·刘炤《芦雁图》

南渡以后的朱敦儒再不能将国事置之度外，开始出山为官。然而，他的抗战言论惹怒了当权者，被罢职黜落，"扫平狂虏，整顿乾坤都了"的理想最终也无从实现。

与李清照、朱敦儒的伤感词不同，还有一种愤慨词如同黄钟大吕般慷慨悲歌，这其中最为人所知的便是岳飞的《满江红·怒发冲冠》。

民族英雄岳飞既是一位卓越的抗金将领，也是一位出色的词人，他那首《满江红》就是一篇优秀的愤慨之作。岳飞慷慨悲歌，鼓励自己和他人

✕ 明·佚名《岳飞像》

不要虚度青春年华，要奋起战斗，直捣敌穴，恢复祖国的大好河山。整首词慷慨激昂、气势如虹，充分表现出了爱国志士的豪壮胸怀。这种气吞山河的胸怀，一浪高过一浪的激情，极富强烈感染力的语言，是以前任何一首词中所没有过的；这种爱国主义的豪情壮志，积极的战斗精神和坚强的信念，千百年来一直激励着中华儿女英勇反抗一切侵略者，直到今天仍具有积极意义。

岳飞身为武将，却有着文人情怀，他在另一首词《小重山·昨夜寒蛩不住鸣》中所表达出的弦断无人听的伤感，正是所有南渡词人最无奈的内心归宿。一员武将道出了众多南渡词人的心声。

同期的张元干、张孝祥等也都写出了一些具有爱国主义思想的愤慨之词。

张元干是词风从婉约转向豪放最为典型的南渡词人。南渡之前，其生活与疏狂恣肆的朱敦儒十分相似；南渡以后写下的《石州慢·己酉秋吴兴舟中作》，表达了对祖国遭受侵略的愤慨，唱出了"欲挽天河，一洗中原膏血"的壮志悲歌。

张孝祥曾经以"睡起流莺语"的婉丽闻名词坛，南渡以后，词风一度慷慨激昂，词中爱国忧民的思想也十分明显。在《六州歌头·长淮望断》中，他写道"闻道中原遗老，常南望、翠葆霓旌^①。使行人到此，忠愤气填膺，有泪如倾。"这首词表现了沦陷区人民盼望收复的心愿，也充溢着作者极其悲愤的心情。

总之，岳飞、张元干、张孝祥等人的词，继承了北宋苏轼豪放的词风，成为日后辛弃疾爱国词的先河。

---

① 翠葆霓旌：皇帝仪仗，指北伐。

辛派豪放词和清雅词：偏安时期并行的豪放、婉约之作

1141年，自南渡以来仅仅过了十余年，岳飞被害，绍兴和议乃成，南宋高宗小朝廷由此得以苟安江南二十余年，不思北伐，南渡词人大多在悲愤中凋零。至孝宗、宁宗朝，南宋再图光复，曾两度短时北伐，然而均以失败告终，转而长期偏安，以至于宋室南渡以后出生的新一代词人，一如他们的前辈，经历了从欢欣鼓舞、奔走驰驱到屡遭排挤、英雄渐老的悲剧人生。但是，他们的词作却让宋词迎来了又一个顶峰，其代表人物是辛弃疾和姜夔，而以辛弃疾为领袖的辛派豪放词更成为这一时期词坛的佼佼者。

辛弃疾于苏轼之后把词体的改革又推进了一大步。继南渡之际的悲愤之士后，辛弃疾横刀跃马登上词坛，拓展出新一代虎啸生风、气势豪迈的英雄形象。辛弃疾并非一般意义上的文人。他22岁起义抗金，曾率五十骑直入金营，生擒叛徒，南渡归宋；26岁上书平戎之策；31岁进《九议》，擘画军国大事；41岁在湖南创建雄镇一方的飞虎军；64岁在镇江布防图攻，被时人比作张良、诸葛亮，其雄才大略足堪将相之用。但南宋小朝廷偏安江南、不思进取，南归后的辛弃疾20年游宦地方、20年闲置山林，仕途坎坷，壮志成灰，68岁含恨而终。然而，英雄的悲剧再次成就了文坛的奇迹。

辛弃疾29岁才正式开始文学创作，共写600余首词，是所存词作最多的词人，也是宋词巅峰时期的代表。他处于民族矛盾最尖锐的时代，民族的危机、人民的苦难以及他本人丰富的阅历，都成为其创作的源泉。辛弃疾继承并发展了南宋初期大量涌现出的爱国词章，他的词不但大力破除了词为"艳科"的正统观念，而且也远远超出了抒发个人升沉得失与生离死别之情的范式。辛词量多质高，以英雄主义为基调，以精忠报国为指归，抒写力图恢复国家统一的爱国热情，倾诉壮志难酬的悲愤，对执政者屈辱

求和给予谴责，也有不少吟咏祖国河山的作品。其题材广阔，又善于化用前人典故入词，风格沉雄豪迈又不乏细腻柔媚之处。例如，辛弃疾为抗金前辈祝寿而写的《水龙吟·甲辰岁寿韩南涧尚书》，虽为祝寿词，却仍以收复神州、整顿乾坤互勉，不落窠臼，痛快淋漓：

渡江天马南来，几人真是经纶手。长安父老，新亭风景，可怜依旧。夷甫诸人，神州沉陆，几曾回首！算平戎万里，功名本是，真儒事，公知否？

况有文章山斗。对桐阴、满庭清昼。当年堕地，而今试看，风云奔走。绿野风烟，平泉林木，东山歌酒。待他年，整顿乾坤事了，为先生寿。

词中豪气干云，气度非凡，用诗化的语言表达现实的政治抱负。这与当年苏轼创立豪放派，通过营造浪漫化的词境来寄托理想化人生志向的做法不尽相同。辛弃疾在作品中灌注了强烈而独特的时代意识，真正充实了词的内容，拓展了词的情感空间。这样的作品在辛词中比比皆是，如：

"要挽银河仙浪，西北洗胡沙。"（《水调歌头·寿赵漕介庵》）

"我最怜君中宵舞，道男儿到死心如铁。看试手，补天裂。"（《贺新郎·同父见和再用韵答之》）

"不念英雄江左老，用之可以尊中国。"（《满江红·倦客新丰》）。

自古英雄多落寞，辛弃疾的很多词都是豪情与悲情的融合，给人以极大的情感冲击。如其著名的《破阵子·为陈同甫赋壮词以寄之》一词，描述了壮盛的军容、骁勇的将士，仿佛胜利指日可待，然而顿挫醒来，一切都是"梦回"，最后只能叹一声"可怜白发生"。为国家建功立业的渴望一直萦绕在辛弃疾的心中，却永远也不能实现。《水龙吟·过南剑双溪楼》

开头是"举头西北浮云，倚天万里须长剑"的慷慨激昂，最后却归于"元龙老矣，不妨高卧，冰壶玉簟"的抑郁苍凉。还有辛弃疾怀念少年往事的《鹧鸪天·有客慨然谈功名，因追念少年时事，戏作》，开始于"壮岁旌旗拥万夫，锦襜突骑渡江初"，终老于"却将万字平戎策，换得东家种树书"，心灰意冷的迟暮英雄只能在回忆中继续着自己一生的热望，读来令人欷歔神伤。

辛词对词体的推进还表现在创作方法上的革新，喜议论、善用典，"以文为词"是其突出特点。如《永遇乐·京口北固亭怀古》纵论古今，以用典著称，弥见其"以文为词"笔力之峭：

千古江山，英雄无觅孙仲谋处。舞榭歌台，风流总被雨打风吹去。斜阳草树，寻常巷陌，人道寄奴曾住。想当年，金戈铁马，气吞万里如虎。

元嘉草草，封狼居胥，赢得仓皇北顾。四十三年，望中犹记，烽火扬州路。可堪回首，佛狸祠下，一片神鸦社鼓。凭谁问、廉颇老矣，尚能饭否？

辛弃疾平生以恢复为志，以功业自诩，可是命运多舛，备受排挤，壮志难酬。但他的爱国信念始终没有动摇，并将满腔激情和对国家兴亡、民族命运的关切、忧虑，全部寄寓于词作之中。在民族矛盾上升的时候，他时而为民族、为国家发出慷慨激昂的正义呼号，时而低回往复，诉说着自己壮志难酬的悲愤，这两种情绪交流杂糅，成为他豪放而又沉郁的文学风格。他开拓了宋词的新局面，成功地将词扩展成为能够脱离音乐、具有独立审美价值的抒情文学体裁，最终确立了词体与诗体对等的文学地位。

同期与辛弃疾以词唱和的陈亮，以及刘克庄等词人，都同辛弃疾的创作倾向相近，形成了南宋偏安时期颇具声势且独具特色的辛派豪放词。他们的词都是以爱国主义为主题，富有积极的进取精神，风格豪放悲壮，形

✕ 南宋·赵黻《江山万里图》（局部）

式自由活泼。他们反对格律派和婉约派，反对消极避世的哀鸣。例如，刘克庄的词所抒发的感慨都与国家民族命运相连，他在《贺新郎·送陈真州子华》一词中写道："多少新亭挥泪客，谁梦中原块土。算事业、须由人做。应笑书生心胆怯，向车中、闭置如新妇。空目送，塞鸿去。"词中表现了自己想要恢复中原的壮志，斥责了南宋统治集团的苟且偷生。他是辛弃疾之后成就较高、影响较大的词人。

南宋王朝长期施行屈膝投降政策，换取了偏安一隅的局面。而这表面上的歌舞承平，使得一些词人不问时事，只谈风月，专注于辞藻格律上的技巧，形成了新的形式主义词风。与辛弃疾同时代的姜夔，便是一位专事辞藻格律且较为优秀的词家。他有个别词也反映了一些现实，如《扬州慢·淮左名都》便是他有名的爱国抒情之作，但他主要还是南宋格律派的代表者，追求声律，甚至以内容迁就格律音调，若有不协声律，宁可变更内容。姜夔在题材上并无拓展，仍是沿着北宋末年格律派始祖周邦彦的路径写恋情和咏物。同时，他讲究以古人的诗句入词，主张含

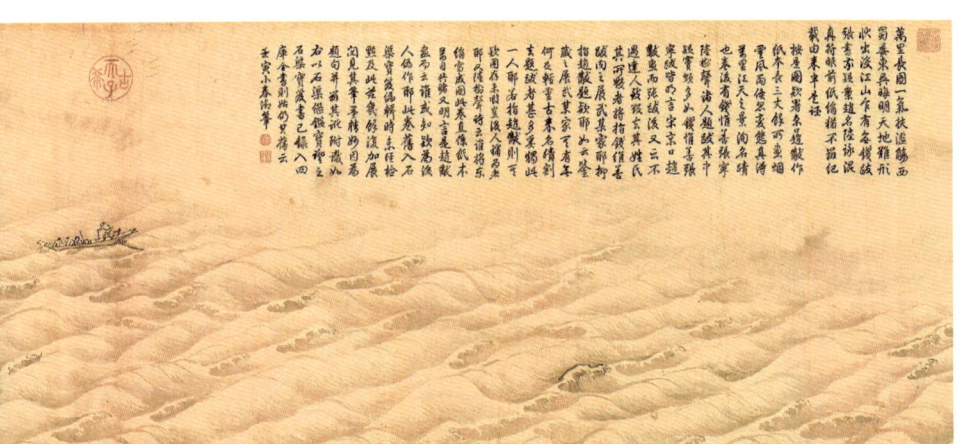

蓄、寄托，使词的意义晦涩难懂。姜夔创作了大量咏物慢词，形成了一种清幽冷峻的抒写意境，创立了清雅词，使词成为骚人墨客寄托"雅兴"的载体。不过，现在词史一般只划分婉约与豪放两派，而将清雅词归于婉约派的范畴。

姜夔之后有史达祖、吴文英等人，更是极端地追求格律，雕琢词句，以致忽视了内容本身。

总之，南宋偏安时期的词坛，豪放与婉约之作并行，相继形成了辛派豪放词和清雅词。辛词抒发爱国情怀，慷慨悲歌，意境雄奇阔大，风格沉郁豪放，极大地影响了宋末词坛，在文学史上产生了巨大影响，后世以"苏辛"并称。

文天祥的辛派后劲词：国家危亡时发出的最后吼声

两宋的外患，可谓一波未平，一波又起，而且来犯之敌一个比一个凶猛。先是辽和西夏对宋朝西北边防构成威胁，后金灭北宋，一度挥师南下，但宋室尚能保有半壁江山。到了横扫亚欧大陆的蒙古铁骑南侵时，宋朝终究逃脱不了灭亡的命运。不过，南宋末年，宋人并非全都束手待毙，尽管奸臣叛将有如过江之鲫，但仍有不少仁人志士为了保家卫国，或慷慨战死，或从容就义，其事迹可歌可泣。

具体到风雨如晦的宋末词坛，词体的衰落已成无可挽回之势。在一片苦调悲咽中，唯有民族英雄文天祥以忠义之心、刚毅之气，高昂地唱出了民族的尊严与不屈。例如《酹江月·乾坤能大》，是他被俘北上、途经建康时所作，词中的"镜里朱颜都变尽，只有丹心难灭"，与他在《正气歌》中所写的"人生自古谁无死，留取丹心照汗青"的诗句一脉相承，充满了视死如归的英雄气概和慷慨激越的爱国情怀，读来字字千钧，掷地有声。

当此国家危亡之时，豪放词愈加无暇推敲，以至流于粗豪。文天祥并不以词名世，但他存世不多的词作无不血泪如注、大义凛然，早已超越了任何修辞技巧，而是用崇高的家国情怀为全民族构建了一副坚强如铁的精神脊梁。那一声声有如万壑松鸣般回荡于江山风雨飘摇中的高歌，正是辛派豪放词最洪亮的余音，也是国家、民族危亡时发出的最后吼声，为黯然神伤的宋末词坛平添了一股英雄气。

纵观历史进程，宋承唐后，是中华文化发展史上的又一高峰时期，宋诗紧承唐诗而来。然而，诚如鲁迅先生所言："好诗差不多已被唐人作完了"。所以，到了宋代，宋人面对着唐诗这座高峰，在诗的创作上，若要不落唐人窠臼确乎很难，就连当时的大文学家王安石也曾感叹："世间好语

✕ 南宋·李唐《万壑松风图》

言，已被老杜（杜甫）道尽；世间俗语言，已被乐天（白居易）道尽。"宋诗正是在唐诗高度成熟的基础上继续发展的，尽管其成就不如唐诗，却富于理趣。所谓"理趣"，就是指寄寓在诗中的人生哲理。如王安石的《登飞来峰》：

> 飞来峰上千寻塔，闻说鸡鸣见日升。
> 不畏浮云遮望眼，只缘身在最高层。

同样是写登临所见，唐代王之涣在《登鹳雀楼》诗中写了西望依山落日，东望入海黄河，境界深远，气象开阔，而推想"更上一层楼"之极目千里，则虚笔带过，留与读者去品味、去领略。王安石的《登飞来峰》与之相类，也写登高望远，同样在前二句写景，而紧接其后的末二句则重重收笔，提出只要站得高、看得远，就不怕被表象所蒙蔽的人生哲理，反映了他作为政治家的思考，较王之涣诗中单纯写高瞻远瞩，却是更进一层。

又如苏轼的《题西林壁》：

> 横看成岭侧成峰，远近高低各不同。
> 不识庐山真面目，只缘身在此山中。

同样是游览庐山的诗作，唐代李白在《望庐山瀑布》七绝诗中，前两句写庐山瀑布自然景观，后两句用夸张的比喻和浪漫的想象，抒发了对这一自然景观奇伟气势的赞叹。而苏轼这首诗在开头写庐山"远近高低"千姿百态的自然景观后，笔锋一转，就横看、侧看之下庐山形状多变这一情形，提出了一个具有人生哲理意味的认识方法问题：由于人们各自所处的

✕　明·沈周《庐山高图》

地位不同，看问题的出发点不同，因而对客观事物的认识就都带着一定的片面性，所以，要对客观事物有总体的正确认识，就必须超越个人狭小范围，摆脱一己偏见。苏轼这首诗有别于触景生情，而是因景悟理，由观景设譬，其理性思维更深入一层。

唐诗如登高望远，意气风发；宋诗如寻幽探径，心事浩茫。宋代哪怕是再豪放的诗人，他们的情感也缺乏唐代诗人那种强劲的力度，诗韵也难像唐诗那么豪迈舒张，读来自然也不如唐诗那么痛快舒畅。

对于宋人来说，唐诗终究是一座难以逾越的高峰，而那些直到晚唐五代才兴起的词，则留给宋人一片尚待开垦的处女地，宋代文人大可在其间开拓耕耘，逞才献技。对于唐人所留下的丰富的诗歌遗产，宋人并没有任其东流，而是将其更多更灵活地运用于"词"这一诗歌体式上，使词在宋代获得了空前绝后的发展。宋词比宋诗在艺术上更富有独创性，且词人众多、数量巨大，据当代词学家唐圭璋先生编著的《全宋词》所载，宋朝词人达1300多人，作品达19000多首。

宋词起初虽沿袭着晚唐五代的传统，以抒发感情、性灵为主，形成"诗庄词媚"的分野，以婉约为宗，但后来由于世事巨变和题材的扩大，艺术个性得到重视，艺术手法渐趋多样，宋词风格在婉约之外又添豪放一派。在苏轼手中，诸凡记游、怀古、赠答、送别，皆能入词。南宋辛派词人更是把表现爱国精神作为主旨，把爱国主题弘扬到前所未有的高度，从而为宋词注入了英雄主义和浩然之气，标志着宋词的思想成就达到巅峰。正是他们的作品，不仅反映了时代精神，而且维护了民族尊严。从此以后，每当中华民族处于生死存亡关头，人们总会从岳飞的《满江红》、辛弃疾的《破阵子》、文天祥的《酹江月》等作品中汲取精神力量。这是宋词最值得称扬的历史性贡献。

正所谓"一时代有一时代之文学"，伴随着北宋轰然倒塌、南宋呜咽消亡，宋词成为中国古代文学的宝贵遗产。作为有宋一代文学造极之作，宋词历来与唐诗并称双绝，代表着一代文学之胜。

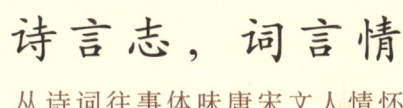

第三章

诗言志，词言情

从诗词往事体味唐宋文人情怀

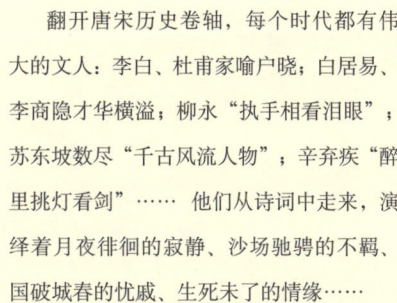

　　翻开唐宋历史卷轴，每个时代都有伟大的文人：李白、杜甫家喻户晓；白居易、李商隐才华横溢；柳永"执手相看泪眼"；苏东坡数尽"千古风流人物"；辛弃疾"醉里挑灯看剑"…… 他们从诗词中走来，演绎着月夜徘徊的寂静、沙场驰骋的不羁、国破城春的忧戚、生死未了的情缘……

　　"逝者如斯夫，不舍昼夜"，时光荏苒，转瞬已千年。幸而有唐诗宋词代代流传，让我们可以通过这些泛着沉香的文字，去探寻那些美轮美奂、光照千古的名篇背后，曾产生过的打动人心的故事和佳话；同时又可以从唐宋诗词的往事中，去体味那些丰富的文人情怀。

唐诗宋词　韵律之美与文人情怀

✕

PART 01
李白：天生我材必有用

　　李白（701—762年），字太白，作为盛唐最杰出的诗人之一，也是我国文学史上继屈原之后又一位伟大的浪漫主义诗人。其诗风俊朗飘逸、卓尔不群，更以"诗仙"之誉，超迈千古，"绣口一吐，便是半个盛唐"。

　　李白的祖籍在陇西成纪（今甘肃天水附近），而他本人则出生于西域碎叶城（位于今吉尔吉斯斯坦巴尔喀什湖东南，唐时曾属安西都护府）。其父经商有成，家境富裕。5岁时，李白随父迁入四川，定居于绵州彰明县（今四川省江油市）的青莲乡，在那里度过了青少年时代。因此，他自号"青莲居士"，常在诗中称四川为故乡。

　　李白自幼聪颖，吟诗作赋，学习儒家经典及百家杂学。青年时，好击剑任侠，豪放不羁；早年在蜀中就学漫游，流连于家乡的山水名胜，写下了许多赞颂家乡壮丽山河的诗篇。

　　26岁那年秋天，李白"仗剑去国，辞亲远游"，希望施展"济苍生""安社稷"的抱负。他不屑于走科举的道路，而想一鸣惊人，于是漫游全国各地，想借求仙、学道、隐居制造名声，以便上达天听，得到赏识重用。终于天宝元年（742年），他得到朋友吴筠道士的推荐，应诏赴长安，受到唐玄

✕ 清·苏六朋《太白醉酒图》

宗李隆基的礼遇，任他为翰林待诏，做了皇帝的侍从文人。李白在长安的生活，外人看来可谓风光无限，其实因为他蔑视权贵和酷爱自由的精神为权贵所不容，很快招致谗毁，不到三年就被排挤出长安。将近三年的长安生活，使李白对统治者的腐朽有了初步的认识，写下了许多揭露和抨击朝政黑暗的诗篇。

离开长安后，李白再度开始漫游生活。在洛阳与比他小11岁的杜甫相识，两人一见如故，结下终生友谊。这期间的李白比较窘困，受人白眼，生活很不得意，世态炎凉加深了他对现实的不满。理想破灭的苦闷，让他沉湎于寄情山水、醉酒访道的生活，写了大量的游仙诗。

唐天宝十四年（755年）安史之乱起，李白虽隐居庐山，仍密切关注着国家和人民的命运。次年冬，永王李璘（唐肃宗之弟）以平乱为号，在江陵起兵。李白基于爱国热情，应邀入其幕府，辟为幕僚。而就在这时，统治集团内部发生内讧，唐肃宗李亨怕李璘势力做大，同他争夺帝位，故下诏讨伐。结果永王兵败被杀，李白也受连累，被流放夜郎(今贵州省桐梓县)。此时的李白已年近六旬，幸好途中遇赦得还。

李白晚年漂泊，贫病交加，却仍壮心不已。当听到唐朝大将李光弼率军讨伐安史余孽的消息时，年已61岁的李白仍请求从军，奔赴战场。烈士暮年，渴望平贼建功，一抒胸臆。奈何造化弄人，行至半路，他病倒了。次年，李白病逝。

李白一生历武后、玄宗、肃宗三朝，其大部分岁月是在玄宗时期度过的，经历了唐王朝盛极而衰的过程。

纵观李白一生，其思想比较复杂。儒家、道家、纵横家、游侠思想对他都有影响。他企羡神仙，向往隐逸，可是又不愿"一朝飞腾为方丈蓬莱之人"，而是要"申管晏之谈，谋帝王之术，奋其智能，愿为辅弼，使寰区大定，海县清一"。所以，有人说李白超凡脱俗、不愿做官，那是大错特错。古往今来，尤其是盛唐年代，大丈夫但求跻身官场，出将入相，一展抱负，名垂青史，李白也不例外。虽然他靠写诗也确实流芳千古，但是他的志向绝不在此，他只是想凭借诗文获得一张平步政坛、名垂青史的入场券。

李白有着远大的政治抱负，却不愿走科举正途，而是想通过隐居、求仙等获取声望，受到皇帝征召重用，以实现"济苍生、安社稷"的理想，然后功成身退。在这样的思想指导下，李白度过了狂放而又坎坷的一生。他既是一个天才的诗人，又兼有游侠、剑客、隐士、道人、策士等气质，儒家、道家和游侠三种思想在他身上都有体现，而"功成身退"是支配他一生的政治理想。

然而，李白这种天真烂漫的政治理想难以实现，但他始终坚信"天生我材必有用"。最终，他一生纯然只是诗人。这在他自己看来是不幸的，可对中国文学来说却是大幸。唐诗若无李白，那才是天大的遗憾！

李白一生创作了大量诗篇，终因生逢动乱而"十丧其九"，清代学者王琦所辑录注释的《李太白文集》仅存900余首。这900余首熠熠生辉的诗作，表现了诗人一生的心路历程，也是盛唐社会现实和精神面貌的真实再现与艺术写照。政治上的一再受挫，生活上的长期颠沛，磨炼了李白的精神和思想，也开拓了李白创作诗歌的广阔天地。诗人以奔放的激情传颂盛唐之音，表现出对理想政治的热烈追求和对建功立业的渴望，以传神之笔描写祖国大好河山，以犀利的笔锋揭批时政的黑暗，以同情的笔调表达对人民苦难的关切。诗风雄伟豪放，音韵和谐多变，无论五言七言，古体近体，无不风格独具，具有强烈的浪漫主义色彩。

以积极的浪漫主义情怀，挥写理想壮志、描绘祖国山河

作为浪漫主义诗人，李白调动了一切浪漫主义手法，使诗歌的内容和形式达到了完美的统一。李白的诗富于自我表现的主观抒情色彩，感情的表达具有一种排山倒海、一泻千里的气势。他离家赴诏时，写下"仰天大笑出门去，我辈岂是蓬蒿人！"（《南陵别儿童入京》）；怀才不遇时，高歌"天生我材必有用，千金散尽还复来。"（《将进酒》）；想念长安时，任凭"狂风吹我心，西挂咸阳树。"（《金乡送韦八之西京》），这些诗句都是极富感染力的，极度夸张而又非常贴切的比喻，和惊人的幻想，却让人感到高度的真实。在读到"抽刀断水水更流，举杯消愁愁更愁"（《宣州谢朓楼饯别校书叔云》），"白发三千丈，缘愁似个长"（《秋浦歌》）的诗句时，读者无不被李白绵长的忧思和不绝的愁绪所感染。

李白向往举贤授能的社会，希望有圣君贤相出来管理国家，实行开明政治，以施展自己的抱负。为此，他终生幻想着施展抱负，干一番惊天动地的大事业。在《梁甫吟》《读诸葛武侯传书怀》《书情赠蔡舍人雄》等诗篇中，他毫不掩饰地表达了对功名事业的向往，而在《上李邕》一诗中更是写道：

> 大鹏一日同风起，扶摇直上九万里。
>
> 假令风歇时下来，犹能簸却沧溟水。
>
> 世人见我恒殊调，闻余大言皆冷笑。
>
> 宣父犹能畏后生，丈夫未可轻年少。

李白以《庄子》里那只搅动天海的大鹏自比，对自己的政治才能充满自信，即使受到世人嘲笑，仍以孔子(宣父)"后生可畏"的话为自己辩解。虽然未必具备政治家的才干，但作为诗人，他却是天纵之才，的确是一只

遨游天海的大鹏。

战国名士鲁仲连、东晋政治家谢安是李白追慕的理想人物，他常常用他们的事迹来鼓励自己：

> 齐有倜傥生，鲁连特高妙。
> 明月出海底，一朝开光耀。
> 却秦振英声，后世仰末照。
> 意轻千金赠，顾向平原笑。
> 吾亦澹荡人，拂衣可同调。

在这首《古风·齐有倜傥生》中赞扬鲁仲连对金钱、地位的蔑视。鲁仲连实现了济世救民的理想，而不投靠权贵，功成名就后急流勇退，是理想的榜样人物。

李白自少年时代就喜好任侠，写下了不少关于游侠的诗，极力赞扬战国时期的侯嬴、朱亥、荆轲、高渐离等游侠之士。在那个动荡的年代，他们愤世嫉俗，蔑视平庸，轻金钱，重义气，具有"路见不平、拔刀相助"的精神和"泰山一掷鸿毛轻"的豪迈气概。他在《侠客行》中写道：

> 救赵挥金槌，邯郸先震惊。
> 千秋二壮士，烜赫大梁城。
> 纵死侠骨香，不惭世上英。

通过对这些侠客的歌颂，表现出对立功报国、留名后世的强烈愿望。

在以边塞为主题的作品里，这种英雄气概也表现得很强烈。如"出门不顾后，报国死何难。"（《幽州胡马客歌》），"羽书速惊电，烽火昼连光。虎竹救边急，戎车森已行。……兵威冲绝漠，杀气凌穹苍。……挥刃斩楼兰，弯弓射贤王。"（《出自蓟北门行》）。

怀抱着这样的理想和壮志，李白在描绘祖国河山的诗篇中，也更多地以雄伟壮丽、奇特险峻的形象，表达自己乐观奋发的心情、广阔开朗的胸襟，以及对祖国壮丽河山的无限热爱。他激情赞美黄河奔腾万里、声振天地的气势"西岳峥嵘何壮哉，黄河如丝天际来。黄河万里触山动，盘涡毂转秦地雷。……巨灵咆哮擘两山，洪波喷箭射东海。"（《西岳云台歌送丹丘子》）。

这些作品情绪昂扬，具有激励人心的力量，也体现了积极的浪漫主义精神。李白描绘祖国大好河山的诗多为杰作。他的这类诗同王维、孟浩然的诗格调不同，如果说王维、孟浩然的风景诗是细致入微的工笔画，那么，李白的风景诗则是飞动橡笔的泼墨大写意。他不是作一草一木的刻画，而是从宏观上摄取大自然的神韵，长江大河、万里风云、群山峻岭、日月光华……一到他笔下就立刻飞动起来，为他所驱遣，创造出一个与造化同在的神话般的世界。《庐山谣寄卢侍御虚舟》中写庐山景色：

金阙前开二峰长，银河倒挂三石梁。

香炉瀑布遥相望，回崖沓嶂凌苍苍。

翠影红霞映朝日，鸟飞不到吴天长。

登高壮观天地间，大江茫茫去不还。

黄云万里动风色，白波九道流雪山。

这是多么宏大的气势，只有李白的胸怀才能装下这样的气势，只有李白的神来之笔才能写出这样的气势。

又如著名的《蜀道难》中的一段"上有六龙回日之高标，下有冲波逆折之回川。黄鹤之飞尚不得过，猿猱欲度愁攀缘。青泥何盘盘，百步九折萦岩峦。扪参历井仰胁息，以手抚膺坐长叹。问君西游何时还？畏途巉岩不可攀。但见悲鸟号古木，雄飞雌从绕林间。又闻子规啼夜月，愁空山。蜀道之难，难于上青天，使人听此凋朱颜！连峰去天不盈尺，枯松倒挂倚绝壁。飞湍瀑流争喧豗，砯崖转石万壑雷。"这是一段绝妙的风景描绘。李白用极度夸张的语言写出蜀道的艰难险峻：太阳神驾着六龙的车子到这里也要掉头折返，奔腾的江水也要被阻挡回来；善于高飞的黄鹤尚且无法飞过，即使猿猴也愁于无法攀缘。青泥岭道路弯曲险怪，行人仰首屏息，拍胸长叹，似乎一伸手就可够到天上的星宿。在山中幽深的古木之上，各种鸟类的鸣叫更增加了神秘恐怖的气氛。这难于上青天的蜀道，不要说通

✕ 清·袁耀《蜀栈行旅图》

过，就连听人说一说，也把脸都吓白了。李白笔下蜀道上的奇姿壮景，开拓了读者的心胸神臆，令人魂悸魄动，惊起长嗟。这段诗句的奇思异想和豪壮奔放的风格，正是李白诗独具的特色。

长安三年的政治生活经历，对李白的创作产生了深刻的影响。他的政治理想与黑暗的现实发生了尖锐的矛盾，胸中淤积了难以言状的痛苦和愤懑。于是，便写下了《行路难》《古风》《答王十二寒夜独酌有怀》等一系列仰怀古人、壮思欲飞、自悲身世、愁怀难遣的著名诗篇。他非常愤慨地说："我本不弃世，世人自弃我。"于是便寄情于名山大川，借山川之气韵把自己的希望寄托在虚无缥缈的神仙世界里。在这一类诗作中，奇险的山川与李白叛逆不羁的性格得到了完美的契合，其中《梦游天姥吟留别》是最杰出的代表作。他以淋漓挥洒的笔触，尽情地展开想象的翅膀，写出了精神上的种种历险和追求，让苦闷、郁悒的心灵在梦中得到了真正的解放：

"……列缺霹雳，丘峦崩摧。洞天石扉，訇然中开。青冥浩荡不见底，日月照耀金银台。霓为衣兮风为马，云之君兮纷纷而来下。虎鼓瑟兮鸾回车，仙之人兮列如麻。……"

李白只能把神奇美好的境界寄托在想象里，这正表现出他对丑恶现实的否定，不愿和权贵小人同流合污，末句傲然宣称："安能摧眉折腰事权贵，使我不得开心颜！"更把李白的一身傲骨展露无遗。

李白的诗将想象、夸张、比喻等手法综合运用，从而造成神奇异采、瑰丽动人的意境，这就是李白的浪漫主义诗作给人以豪迈奔放、飘逸若仙的原因。

李白是一个热爱祖国、关怀百姓的伟大诗人，他的优秀诗篇以积极浪

✕ 唐·吴道子《八十七神仙卷》（局部）

漫主义的作品为主，也有许多现实主义的诗作。他以现实主义的笔触，同情劳苦大众、讽切世间黑暗。

李白曾长期把他的理想和希望寄托在帝王身上，幻想着帝王能任贤去奸，改革弊政。在他的诗篇里有不少是借用古代贤哲的政绩，来隐喻自己经世济民的愿望。而当他发现唐玄宗并非理想中的"圣君"时，就产生了一种政治上没有出路的苦闷。这种苦闷促使他回到现实中来，写出了不少抨击权贵、揭露黑暗的现实主义作品。

唐玄宗的后期，政治由开明转为腐败。他纵容权贵，宠信宦官，还喜好斗鸡之戏，以致当时精于此道的市井无赖竟然飞黄腾达，一夜暴富。李白在《答王十二寒夜独酌有怀》中所写下的"骅骝拳跼不能食，蹇驴得志鸣春风"诗句，正是对当时奸人当道、是非颠倒的社会的写照。在长安期间，他亲眼看到凶狠骄奢的宦官、骄纵跋扈的达官贵人和趾高气扬的斗鸡之徒，他们仗势欺人，使百姓恐惧不安，侧目而视。诗人以锐利的笔

锋，对上层统治者的腐败给予愤怒的抨击和无情的讽刺。他在《古风》（其二十四）里写道：

> 大车扬飞尘，亭午暗阡陌。
>
> 中贵多黄金，连云开甲宅。
>
> 路逢斗鸡者，冠盖何辉赫。
>
> 鼻息干虹蜺，行人皆怵惕。
>
> 世无洗耳翁，谁知尧与跖！

这首《古风》就是针对现实而作的一幅深刻讽刺画。诗的前八句叙事具体、形象，讽刺这些得势佞幸的小人鼻孔朝天，喷出的气息仿佛吹动了天空的云霞，极言其骄横，最后两句把感情推向了高潮，由讽刺佞幸小人扩大为放眼广泛的世间黑暗：世上没有了像上古贤士许由那样不慕荣利的人了，还有谁能分得清圣贤（尧）与盗贼（跖）呢？李白鄙夷地把宦官、

✕ 宋·李嵩《明皇斗鸡图》

鸡童等佞幸小人看成是残害人民的强盗，同时也暗刺当时最高统治者的不辨"尧与跖"。

李白漫游祖国大地，写下了许多歌颂祖国河山的诗篇。同时，他在漫游中也同百姓交往，他同情百姓的疾苦，赞颂他们的纯朴，写了一些反映社会现实的诗歌。

《丁都护歌》就是描写民夫拖船痛苦的诗作。此诗描绘了劳动人民在炎热的季节里拖船的劳苦情景，揭露了统治阶级穷奢极欲、不顾人民死活的罪行，表现了李白对劳动人民苦难命运的深切同情，是一首风格沉郁的现实主义诗篇。

云阳上征去，两岸饶商贾。

吴牛喘月时，拖船一何苦。

水浊不可饮，壶浆半成土。

一唱都护歌，心摧泪如雨。

万人凿磐石，无由达江浒。

君看石芒砀，掩泪悲千古。

统治者征调千万劳工开凿芒、砀二山的文石（有纹理的石头）。在酷热的夏天里，天旱水涸，劳工们口渴唇焦，但仍然拖着载满文石的船只，像奴隶一样劳动着。山上的石头永远采不尽，劳工们的眼泪也永远擦不干。诗人在这悲恻动人的诗篇中对百姓寄以深切的同情，向剥削者提出严正的抗议。全诗描写与议论相结合，突出描写民夫拖船的痛苦，然后在描写的基础上抒发议论，揭示百姓的痛苦没有终结，不仅深化了前面的描写，而且提升了诗的主题意义。诗中的描写和议论都采用现实主义的手法，不加修饰，没有夸张，言近旨远，意蕴深厚，与李白的浪漫主义诗歌相比，别是一种风格。

总之，强烈的积极浪漫主义精神和进步的现实主义精神，构成了李白诗歌高度的思想性。

李白自觉地继承和发展了屈原《楚辞》以来的浪漫主义精神。在他的诗里，积极浪漫主义的基本精神——理想主义、英雄气概和蔑视权贵的叛逆精神等，均得到了充分的表现。不过，李白诗歌的浪漫主义是有着现实生活基础的。李白是个有政治理想的诗人，对国家、人民的命运比较关心，他不同于那些追求升官发财的人，也不同于那些逃避现实的山林隐士。因而，他的作品既有浓厚的浪漫主义色彩，又有一定的现实主义精神，他的不少诗篇表达了人民的愿望和理想。

李白的诗歌具有鲜明的个性、强烈的感情和丰富的想象，形成了独特的艺术风格，其艺术成就达到了中国古代浪漫主义文学的高峰，尤其是他的歌行体和七绝都达到了后人难以企及的高度。

PART 02
杜甫：文章千古事，得失寸心知

一个伟大至极的人，往往值得后人的称颂。于杜甫而言，"诗圣"便是后人对他高贵人格的称颂，也是他最灿烂的人生诠释。

杜甫（712—770年），字子美，生于河南巩县（今巩义市），唐代伟大的现实主义诗人。据说他出生的古窑洞后面有一座"笔架山"，这似乎预示

✕ 元·佚名《杜甫像》

了杜甫的一生和笔有着不解之缘。杜甫从其十三世祖杜预开始，就有"奉儒守官"的家学。杜预是西晋名将，精通《左传》，其文治武功是杜甫从小学习的楷模。杜甫的十世祖杜恕，三国时期曾任魏国大臣。杜甫的祖父杜审言，武后执政时曾官至膳部员外郎，也是身怀盖世才学之人。杜甫出生后，其父杜闲迁升奉天令，自此才居京兆杜陵。有这样的家学渊源，难怪杜甫会自豪地说："自先君恕、预已降，奉儒守官，未坠素业"，"吾祖诗冠古"，"诗是吾家事"。 特殊的家世，对杜甫的人生态度和诗歌创作都影响至深。

不过，成就了杜甫伟大声名的，却是他所处的时代。杜甫处在唐帝国由盛转衰的时代。755年安史之乱，是唐帝国的转折点，也是杜甫人生的转折点。杜甫经历了开元盛世，看遍了繁花似锦，也经历了王朝败落，亲验了万方多难。他的创作，随着人生的不同阶段，形成了不同时期的色彩。

读书游历时期的浪漫豪迈

从杜甫出生到35岁，读书和游历是生活的主旋律，这段时光也是他一生最为惬意的阶段。

生在儒冠之家，杜甫从小就饱学诗书，勤奋好学。他曾在《奉赠韦左丞丈二十二韵》中自曝"读书破万卷，下笔如有神"。因而，能七岁吟诗，九岁书作，十四五岁已小有名气，还受到了当时文坛名宿崔尚、魏启心的赞赏，说他有班固、扬雄之风。有《壮游》诗云：

往昔十四五，出游翰墨场。

斯文崔魏徒，以我似班扬。

七龄思即壮，开口咏凤凰。

九龄书大字，有作成一囊。

　　童年时，杜甫还受到了各种唐代艺术的熏陶。六岁时，他曾在郾城观看公孙大娘剑器浑脱舞的绝技；十几岁时，在洛阳岐王李范和玄宗宠臣崔涤的宅中聆听大歌唱家李龟年的歌声；后来，还在洛阳玄元皇帝庙里欣赏过画圣吴道子的丹青之妙。这都在潜移默化中提高了他的艺术修养，成为他日后诗歌创作的素材。

　　开元十九年（731年），"读破万卷书"的杜甫，开始了他"行万里路"的游历生活。他历经十年，有过三次漫游。第一次是漫游吴越，游览江南，历时数年。735年，24岁的杜甫回乡参加进士考试，不料因文章"不合时宜"而落第。于是，次年他开始第二次漫游。《壮游》诗中写道：

放荡齐赵间，裘马颇清狂。

春歌丛台上，冬猎青丘旁。

呼鹰皂枥林，逐兽云雪冈。

射飞曾纵鞚，引臂落鹙鸧。

　　在齐赵一带，杜甫度过了几年快意生活。著名的《望岳》一诗，就创作于这一时期：

岱宗夫如何？齐鲁青未了。

造化钟神秀，阴阳割昏晓。

荡胸生曾云，决眦入归鸟。

会当凌绝顶，一览众山小。

✕ 明·宋旭《五岳图日观晴曦》（局部）

这首诗着眼于"望"字，句句不离主题，使人如在其境。巍峨高耸的五岳之首——泰山，到底有多么雄伟呢？在齐鲁大地上，都能远远望见那青青的峰顶。起句以惊叹之笔，通过诗人的赞美仰慕，将泰山的绵延辽阔传神地描写出来。承句从远望拉回到近景。一个"钟"字，写活了大自然赋予泰山的神奇和秀丽；一个"割"字，更是写尽了泰山的雄峻巍峨。高耸入云的泰山，居然能将阳光分割，在山南山北形成"清晨"和"黄昏"两种不同的景观。到五六句，杜甫开始拉近视角并转向自己。层云叠嶂间，杜甫心神荡漾，着迷地望着眼前风景，流连忘返，直望到归鸟还巢时分，还未离去。最后两句是抒怀，诗人并没有停留在对祖国山河的赞美上，而是将意境拔高，升华到人生抱负：我一定要登上泰山的顶峰，俯瞰群山，一览盛景。这首诗布局巧妙，气势磅礴，既写出了泰山的雄伟高峻，也表现出了杜甫年轻时的万丈豪情，被视为杜甫早期的杰出之作。

杜甫的第三次漫游开始于天宝三年（744年），这期间他结识了李白和高适，并相约同游梁、宋（今河南开封、商丘一带）。他们一起登高怀古，饮酒赋诗，直到秋后才分别。后来，李白和杜甫曾再次于齐鲁相见，离别时还赋诗互赠。李白赠杜甫的诗说："飞蓬各自远，且尽手中杯！"没想一语成谶，这一别之后，果真两人再没见过面。但友情却并没有因为距离的遥远而消逝。杜甫时常怀念他们共游的美好日子："余亦东蒙客，怜君如弟兄。醉眠秋共被，携手日同行。"并寄语李白说："三夜频梦君，情亲见君意。"李白则是："思君若汶水，浩荡寄南征！"可见他们之间深厚的情谊。

困守长安时期的幻想破灭

从天宝五年到天宝十四年（746—755年），是杜甫困守长安的时期，也是安史之乱前，唐朝开始呈现衰落之势的阶段。

这时的杜甫正处于年富力强的黄金时期。然而，当他怀着一颗火热的心，试图实现自己的报国理想时，迎接他的却是冷漠的现实。奸臣李林甫和杨国忠把持朝政，操纵科举，竟然使"无一人及第"。科举无门，杜甫不得不"跑关系"，走"事干谒"之路，投诗权贵以求得到引荐，但都没有结果，以至于生活困顿到"卖药都市，寄食友朋"。

后来，虽然杜甫因进献《三大礼赋》意外得到玄宗赏识，但也只是得了个虚名，并没有被授予一官半职。直到755年，杜甫才终于等到了一个小官职。为生计考虑，杜甫只好上任。然而，就在他赴任后回家探亲之时，却发现自己的小儿子饿死了。杜甫一腔抱负却怀才不遇，忧国忧民却家穷人病，百感交集，情不能已，提笔写下了一首长诗《自京赴奉先县咏怀五百字》。

这首长诗从内容上可分为三部分：自问志向，骊山所见所思和到家后的感慨。在第一部分中，杜甫以千回百折的语言，反复自问："一直秉承的志向，是否该在现实的冷遇中泯灭？""老大意转拙"，"窃比稷与契"，"穷年忧黎元，叹息肠内热。取笑同学翁，浩歌弥激烈。""葵藿倾太阳，物性固莫夺"，"终愧巢与由，未能易其节。"从这段表白中，杜甫再次肯定了自己的志向，就算贫困潦倒，也不能忘却家国天下，这是自己的本性使然。第二部分，杜甫讲述了自己探亲途中路过骊山时的所见所思。通过上层君王贵族的腐败和下层百姓的苦难对比，杜甫感受到了现实的冷酷。达官贵人们"乐动殷胶葛"，"中堂有神仙"，而百姓却被"鞭挞"抢掠，杜甫忍不住发出疾呼："朱门酒肉臭，路有冻死骨！荣枯咫尺异，惆怅难再述。"骊山宫殿内酒肉飘香；而宫门之外呢？大路上躺着冻死的穷人！相隔几步，却是苦乐两重天，杜甫内心的悲愤已难于言表。第三部分，杜甫继续讲自己。经过艰难跋涉，终于到家。可却是"入门闻号啕，幼子饥已卒"。杜甫可怜的小儿子，已经活活饿死了！"所愧为人父，无食致夭折。"为人父亲，却没能养活孩子，这样的凄惨，杜甫岂能不痛心疾首？可杜甫并没有停留在自己的悲痛上止笔，而是想到了百姓。自己好歹还是个"生常免租税，名不隶征伐"的官，而那些平民百姓又会凄苦成什么样子？想到那些失去土地的农民、守卫边防的士兵，一切都似乎预示着大乱的来临，诗人那忧国忧民的心绪，便如排山倒海般汹涌而来，"忧端齐终南，澒洞不可掇"。

全篇一气呵成，气韵沉郁。从对自我理想的质疑，到被迫面对现实的思考，最后以预言般的描述结尾。杜甫的伟大就在于：他能从自身遭遇思考到深层的社会矛盾，并推知到万民苦难和国家命运，以自身博大的胸怀和沉重的历史之笔，为这首长诗刻上了时代的烙印。

战乱流离时期的忧国忧民

杜甫"官定"后不久，安史之乱爆发，长安陷落。从45岁到48岁，杜甫经历了自己人生中最为颠沛流离的时期，但也是创作成就最高的时期。

杜甫在避难途中，"野果充糇粮，卑枝成屋椽"（《彭衙行》），和流亡百姓一起忍受着战乱痛苦。听说肃宗即位平叛，他改道投奔，不料中途被叛军俘虏到长安。他在《春望》中写道：

国破山河在，城春草木深。

感时花溅泪，恨别鸟惊心。

烽火连三月，家书抵万金。

白头搔更短，浑欲不胜簪。

　　暮春的长安凄惨破败，杜甫挂念着亲人，也心系着国事。全诗格律严整，对仗精巧，情景交融，充分体现了杜甫"沉郁顿挫"的艺术风格。

　　后来，杜甫冒险从长安逃归到肃宗行在，被授为左拾遗，成为皇帝"近臣"。但就任不久，便因故被贬出长安，调到华州，从此不再得到肃宗重用。

　　家国不幸，仕途失意，人生的坎坷给杜甫带来了沉痛打击。然而，从宫廷走向民间，却让杜甫的诗歌创作开拓出一片新天地。他最为出名的代表作"三吏"（《新安吏》《石壕吏》《潼关吏》）和"三别"（《新婚别》《垂老别》《无家别》），正是在这一时期创作的。

　　这6首诗写于乾元二年（759年）。当时，唐军在邺城与安史叛军交战时大败，损失惨重。为挽回败局，唐军不得不四处拉兵服役，百姓痛苦不堪。杜甫在回家探亲后前往华州途中，路过新安、石壕、潼关，目睹到征兵情况，既同情百姓，又为国家兴亡担忧，于是写下了这组诗。

　　杜甫通过这组诗，使我们看到了战乱中的民间疾苦：有母亲送儿子，哭声遍野的："肥男有母送，瘦男独伶俜。白水暮东流，青山犹哭声。"有新妇送丈夫，伤心欲绝的："结发为君妻，席不暖君床。暮婚晨告别，无乃太匆忙！"有老妻送老翁，催人泪下的："老妻卧路啼，岁暮衣裳单。孰知是死别？且复伤其寒。"有"二男新战死"的老妪请求被带走的："老妪力虽衰，请从吏夜归。"还有无家可归的单身汉再次应征入伍的："县吏知我至，召令习鼓鞞"。

每一个主人公尽管各有各的辛酸苦痛，但最终还是以国为重，毅然走上了前线。"急应河阳役，犹得备晨炊。""子孙阵亡尽，焉用身独完？""勿为新婚念，努力事戎行！"杜甫对备受战争摧残的老百姓是深为同情的。但当时的战争局势，却又促使他不得不强忍内心的悲痛，为国家民族的长远利益着想，鼓励人们上战场，护家卫国，奋勇杀敌。比如，在《新安吏》中，尽管他质问县吏"中男绝短小，何以守王城？"但还是含泪劝慰这些小兵们"莫自使眼枯，收汝泪纵横"，并宽勉他们"送行勿泣血，仆射如父兄"。

这些社会的残酷现实，和杜甫的内心感情交织在一起，是错综复杂的。但透过这些人间悲剧，我们不单单看到了杜甫对老百姓的悲悯和同情，更看到了他对爱国热情的赞颂。国家有难，匹夫有责。我们中华民族千百年来之所以屹立不倒，靠的不就是这些来自人民的家国情怀吗？

漂泊西南时期的创作高潮

对时政绝望的杜甫，在写下"三吏""三别"后不久，便弃官去了秦州投靠亲友。"满目悲生事，因人作远游。"（《秦州杂诗》），不料"因人"不易，他和全家生活艰难到濒临绝境，最后几经辗转到了成都。公元760年春，在严武等亲友的帮助下，杜甫在城西浣花溪畔盖了一所草房（后人称为"杜甫草堂""浣花草堂"），这才总算有了个安家之地。

经受了战乱中的颠沛流离，杜甫终于可以稍稍歇口气了。他在《江村》中写道：

> 清江一曲抱村流，长夏江村事事幽。
>
> 自去自来堂上燕，相亲相近水中鸥。
>
> 老妻画纸为棋局，稚子敲针作钓钩。
>
> 但有故人供禄米，微躯此外更何求。

住在风景如画的村居中，有故人供粮供米，和老妻对棋，看儿子钓鱼，俨然已是悠闲自在、其乐融融的田园之风了。

但好景不长，762年代宗即位，严武还朝后，成都发生变乱，杜甫一度漂泊梓州。直到严武重来镇蜀，杜甫才得以再回草堂。严武死后，杜甫离开了成都。在成都和梓州的五六年间，杜甫其实日子仍然是清苦的："厚禄故人书断绝，恒饥稚子色凄凉"（《狂夫》），"痴儿不知父子礼，叫怒索饭啼东门"（《百忧集行》）。儿子饥饿难当，小脸凄凉；饿了哪管父子之礼，吵着要吃饭，在东门外号啕大哭。

在《茅屋为秋风所破歌》中，他写了自家茅屋被吹破的情景："床头屋漏无干处，雨脚如麻未断绝"，屋漏偏逢连夜雨，何等的凄凉。由此，杜甫推己及人，想到了战乱后和自己有共同命运的"天下寒士"，他彻夜难眠，于是发出了这样的呼声：

"安得广厦千万间，大庇天下寒士俱欢颜，风雨不动安如山。呜呼！何时眼前突兀见此屋，吾庐独破受冻死亦足！"

杜甫以博大的胸怀和崇高的理想主义精神，让千百年来的读者为之震撼。在狂风肆虐的秋夜，诗人所想的不仅是"吾庐独破"，而是"天下寒

✕ 清·董邦达《画杜甫诗意高宗御题》

士"。这首诗之所以伟大，在于他能以己之痛，表达出社会和时代之痛，并为天下寒士发出"得广厦千万间"的宏愿。

离开成都后的杜甫，携家眷欲北归："名岂文章著，官应老病休。飘飘何所似，天地一沙鸥。"（《旅夜书怀》）这只天地间孤零零的沙鸥，踏上了他最后一次漂泊的旅程。

在到达夔州（奉节）时，因得到都督柏茂林的照顾，杜甫在此居住了两年。生活安定，杜甫得以全身心投入创作，"他乡悦迟暮，不敢废诗篇"（《归》），他不仅写当时的所见所闻、所感所思，还将过往经历都回忆一番。在夔州居住不到两年，他作诗430多首，几乎占到他现存诗集总数的30%，堪称他个人诗歌创作的巅峰时期。人们耳熟能详的《春夜喜雨》《茅屋为秋风所破歌》《闻官军收河南河北》《登高》《壮游》等大量名作都出自此时。

落木窸窣，长江奔腾而去，时光就这么去了，杜甫却壮志难酬。站在夔州白帝城外的高台之上，杜甫触景生情，写下了被誉为"七律之冠"的《登高》：

> 风急天高猿啸哀，渚清沙白鸟飞回。
> 无边落木萧萧下，不尽长江滚滚来。
> 万里悲秋常作客，百年多病独登台。
> 艰难苦恨繁霜鬓，潦倒新停浊酒杯。

大历三年（768年），杜甫最终还是打定主意，乘舟出蜀，继续他未竟的返乡之路。他和全家先后到了湖北江陵、公安，后又将船停泊在湖南岳阳楼下。在《登岳阳楼》中，他写道：

昔闻洞庭水，今上岳阳楼。

吴楚东南坼，乾坤日夜浮。

亲朋无一字，老病有孤舟。

戎马关山北，凭轩涕泗流。

想到战争还在继续，到处兵荒马乱，国家遭殃，生灵涂炭，杜甫怎能不涕泪满面呢？

然而，杜甫最终还是没有实现自己的北归心愿。迫于当时形势，他被迫绕道南行，一路颠沛流离，行至耒阳时被洪水所困，五天无食，幸得当地县令相救，才总算没饿死在船上。但大水不退，杜甫无奈只好折回潭州。没想到这年冬天，杜甫却病故于从潭州到岳阳的小船中，时年59岁。

"文章千古事，得失寸心知"，尽管杜甫"致君尧舜上，再使风俗淳"的壮志未酬，一生漂泊，饱尝战乱之苦，但却取得了诗歌创作的丰硕成果。白居易在《读李杜诗集因题卷后》中曾说："天意君须会，人间要好诗！"杜甫穷一生之力留给人间的正是这样的好诗。他被誉为中国历史上最伟大的现实主义诗人，以火热的创作激情，再现了大唐王朝盛衰转折时期的社会现实，被称为"诗史"。同时，他也以"无体不备""无体不工"的"集大成者"创作风范，成为开后世先路、领唐诗风骚的一代诗宗；更以"穷年忧黎元""济时肯杀身"的家国情怀，被后世誉为"诗圣"。

PART 03
王维：行到水穷处，坐看云起时

王维（701—761 年），盛唐诗人，字摩诘，河东蒲州（今山西运城）人，祖籍山西祁县。他出生在一个虔诚敬佛的家庭，佛教有一部《维摩诘经》，正是王维名和字的由来。

王维才华早显，聪明过人，十几岁时已经是一位有名的诗人。15 岁时，王维去京城应试，因为能写一手好诗，又工于书画，而且还有音乐天赋，一到京城便成为王公贵族的座上宾。这期间他的诗作不外乎恭维主人招客邀游的雅兴，称赞其酒筵的丰盛及其园林的幽美，属应景助兴之作，就其思想内容而言，没有多大意义。但其中也有像"兴阑啼鸟换，坐久落花多"（《从岐王过杨氏别业应教》）这样的清丽诗句，为后人所称道。

唐玄宗开元九年（721 年），21 岁的王维中了进士，任太乐丞（负责礼乐之官）。早年的王维锐意进取，在功名、仕途上是比较顺利的。但不久即因所管辖的伶人偶有不慎，私自表演了只能为皇帝表演的黄狮子舞而受到牵累，被贬为济州司仓参军（地方粮仓保管员）。他当时愤懑不平，在《被出济州》诗中埋怨"微官易得罪，谪去济川阴"。面对政治上遭受的挫折，王维体会到人世间的不平，对社会的认识已较前时深刻了些。

就这样一晃十多年过去了，王维由青年才俊步入中年，十多年的官场

✕ 金·杨邦基《出使北疆图》

失意，让他深感仕途无望。幸好开元二十三年（735年），一代贤相张九龄执政，王维才得到荐拔，回到长安任右拾遗，这时他已经34岁了。次年，王维调任监察御史。可好景不长，没多久，张九龄就被贬外放，随之波及王维。开元二十五年（737年）春，唐军战吐蕃获胜，秋，王维奉旨出使，离长安赴凉州劳军，并任凉州河西节度使判官，其实是被排挤出朝廷。

出使途中，当乍见长空雁阵、大漠孤烟、长河落日等与中原景物迥异的塞上风光之时，尤其是路遇唐军哨骑、得知我军新近获胜的喜讯，王维心中充满了惊喜与兴奋，一时间爽朗豪迈地吟咏出了《使至塞上》：

> 单车欲问边，属国过居延。
>
> 征蓬出汉塞，归雁入胡天。
>
> 大漠孤烟直，长河落日圆。
>
> 萧关逢候骑，都护在燕然。

其中"大漠孤烟直，长河落日圆"一联，历来为大家盛赞。这几笔雄健粗放的线条，不仅勾勒出沙漠上无边的壮丽景色，也表现了诗人对壮丽

景色的赞叹，以及由此而变得无限开阔的胸襟。在这里，朝政给王维心灵上造成的阴影，被雄犷的大自然与激昂的爱国热忱一扫而光。

这首诗境界阔大，气象雄浑，足以媲美盛唐四大边塞诗人的任意作品。另外，王维的《陇西行》《观猎》《少年行》《送元二使安西》等代表作，虽非都作于这一时期，但就题材和诗中所表现的思想感情、人生态度及审美趣味而论，均一脉相承，其中《送元二使安西》这首诗很著名：

> 渭城朝雨浥轻尘，客舍青青柳色新。
>
> 劝君更尽一杯酒，西出阳关无故人。

虽写送别，但基调是乐观开朗的，当时就被音乐家谱曲，反复咏唱末句，取名《阳关三叠》，又称《渭城曲》，至今仍能演奏咏唱。

数年后，王维返回京城，发现世道变了。狼子野心的安禄山成了"忠臣"，口蜜腹剑的李林甫成了"贤相"，而张九龄却被挤下了台，朝政变得愈加黑暗了。一般认为，"安史之乱"是唐代盛衰的分水岭，而实际上，盛衰的苗头早在开元盛世张九龄见放、李林甫得势时就埋下了伏笔。张九龄的被逐，不仅是他个人政治生涯的结束，同时也是大唐王朝开明政治的结束。

王维虽仍在朝中，但已感到危机四伏。他愈发觉得"人，度不了人的苦；能度的，只有佛"。终于，王维带着一颗禅心，走出了京城，走进了深山，从此半官半隐。

他长年隐逸山林，远离凡世，生活很少变化。这一时期大多数诗篇都渗透着高蹈出尘的思想，流露出流连光景、悠然自得的情意，而所写景物也多属于静美的一面，以致失去了前期诗歌中那种积极昂扬、振奋人心的激情。

他最先隐居在长安附近的终南山。他的《初至山中》（又名《终南别业》），就是他刚刚隐居时的作品。在这首诗中，王维宣告了他后期人生观的改变，恣意描写了他隐逸山林、独往独来、无忧无虑的乐趣：

> 中岁颇好道，晚家南山陲。
>
> 兴来每独往，胜事空自知。
>
> 行到水穷处，坐看云起时。
>
> 偶然值林叟，谈笑无还期。

晚年的王维安家于终南山下，好道之心愈重。兴趣来时，常常出游，独来独往，有快乐的事便自我欣赏、自我陶醉。有时无意间走到水流尽头，便坐下来静观云雾升起的情景。偶尔在林间遇见乡村父老，便一起谈笑聊天，忘了回家。

这首诗很著名，不仅因为"行到水穷处，坐看云起时"写得心旷神怡、情景交融，还因为其颇具代表性，可以从中看出这一时期王维的精神面貌，及其诗歌的基调和总体风格。

在溪山如画的隐居处，他和好友"浮舟往来，弹琴赋诗，啸咏终日"，

✕ 宋·夏圭《坐看云起图》

有写春夜溪山、月出鸟惊幽美境界的《鸟鸣涧》：

> 人闲桂花落，夜静春山空。
>
> 月出惊山鸟，时鸣春涧中。

有写山馆建构精致、环境清幽，从而引起动人遐想的《文杏馆》：

> 文杏裁为梁，香茅结为宇。
>
> 不知栋里云，去作人间雨？

有写深林中傍晚景致的《鹿柴》：

> 空山不见人，但闻人语响。
>
> 返景入深林，复照青苔上。

也有写王维自己月下独坐、弹琴长啸的《竹里馆》：

> 独坐幽篁里，弹琴复长啸。
>
> 深林人不知，明月来相照。

✕ 明·佚名《岩壑清晖册》

这些作品虽然大都带有一丝幽怨，调子不够爽朗，但意境优美，兴会深长，有较高的审美价值和艺术成就。

这一时期，他还创作了《渭川田家》《春日田园作》《新晴野望》《山居秋暝》等描写山村景色和农家生活的名篇。其中《渭川田家》写道：

> 斜阳照墟落，穷巷牛羊归。
>
> 野老念牧童，倚杖候荆扉。
>
> 雉雊麦苗秀，蚕眠桑叶稀。
>
> 田夫荷锄至，相见语依依。
>
> 即此羡闲逸，怅然吟式微。

这首诗描写了暮春傍晚田家情景和诗人对田家生活的赞美，素朴、亲切，富有牧歌情调。

《春中田园作》写仲春时节欣欣向荣的田园景色，写一年农事开始时紧张而兴奋的情况，写远行者对乡土的无限眷恋，充满喜悦，又含有深情，十分感人。

> 屋上春鸠鸣，村边杏花白。
>
> 持斧伐远扬，荷锄觇泉脉。
>
> 归燕识故巢，旧人看新历。
>
> 临觞忽不御，惆怅远行客。

《新晴野望》写初夏新晴的乡村风景，层次分明，意境清丽，如一幅幽美的风景画。最后两句说这是农忙季节，农民们都倾家而出在田野里劳动。虽未作具体描写，却令人感到仿佛田野很活跃，劳动气氛很浓。

新晴原野旷，极目无氛垢。

郭门临渡头，村树连溪口。

白水明田外，碧峰出山后。

农月无闲人，倾家事南亩。

《山居秋暝》说：空寂的山野，一场新雨过后，随着夜幕的降临，阵阵凉爽使人感到已是初秋。松间明月来相照，山泉微涨，流过石上，发出清脆的淙淙声。竹林里传出愉快的喧笑，浣纱姑娘们回来了；莲花轻轻摇摆，原来是一叶渔舟顺流而下。初秋傍晚雨后的山村，经王维彩笔描绘，显得分外美丽！

空山新雨后，天气晚来秋。

明月松间照，清泉石上流。

竹喧归浣女，莲动下渔舟。

随意春芳歇，王孙自可留。

此外，他还有不少写景名句，如"渡头余落日，墟里上孤烟"（《辋川闲居赠裴秀才迪》），"漠漠水田飞白鹭，阴阴夏木啭黄鹂"（《积雨辋川庄作》）等等，也都出现在这一时期的诗篇中。

王维退隐山林，不预世事，可世事偏要来干扰他的闲适生活，正所谓"树欲静而风不止"，晚年的王维竟意外地卷入一场政治风波中。

玄宗天宝十四年（755年）爆发了安史之乱。第二年，叛军攻下长安。当时情况紧急，王维和其他许多官员都来不及随皇帝逃跑，就被叛军俘虏，并授给他们官职。王维本不愿做伪官，曾装病推托过，但也不敢反抗。一天，叛首安禄山大宴其徒于洛阳凝碧池，召梨园诸工合乐，诸工皆

✕ 宋·佚名《松月图》

泣，王维闻知悲甚，私下写了一首七绝以寄悲情：

> 万户伤心生野烟，百僚何日再朝天。
>
> 秋槐叶落空宫里，凝碧池头奏管弦。

谁料，这首诗日后竟成了一根救命稻草。

战乱平息后，凡是充当过伪官者，均按投效叛军罪当斩。只有王维因在被俘充任伪官时，写下了这首思慕天子、怀念朝廷的小诗，传到行在，得到了新皇肃宗的嘉许，又加上其弟王缙平乱有功，自请削官为兄赎罪，王维这才幸免于难，仅受贬官处分。

经历了这样一场重大的政治变故后，王维变得更加颓唐消沉了。这一时期，他多半是住在长安城里，每日退朝之后，就在家中念佛做善事，很少出游，也很少吟咏山水了。就这样生活了几年，这位卓越的盛唐诗人便与世长辞了。

王维是我国著名古典诗人之一，他在诗歌创作上的成就是很大的。究其原因，应是盛唐的灿烂文化所给予他的强烈熏陶，和他本人高深的美术和音乐修养。就其诗、画的艺术特色而论，宋代大诗人苏轼评之为“诗中有画，画中有诗”；就其诗歌音调和谐而论，《史鉴类编》评之为“百啭流莺，宫商迭奏”。因此，王维创作诗歌时，就势必比一般诗人更能精确细致地感受和把握自然界美妙的景色和神奇的音律，并且更善于用词设色，将其表现出来。

王维的诗歌现今流传400多首，其中优美的作品很多。他擅长各种体裁，尤以五言独步诗坛，意境动人。其早年边塞诗慷慨雄健，晚年以山水田园诗尽现悠闲情趣。

王维的诗歌中有不少思想性较强、倾向性较鲜明的作品，但更多的还是那些写隐逸心情和生活、写田园山水的诗篇。诗人长期生活在大自然中，对自然美景有极深、极细致的感受，然后以他特有的诗情画意，将这些感受有声有色地表达出来，创造出一个较现实更为高远、优美的艺术境界，给人以美感，激发人们喜爱美好事物的感情，因此获得了极大的艺术魅力，成为中国风景诗中不可多得的佳作。

PART 04

高适：莫愁前路无知己，天下谁人不识君

　　高适，盛唐诗人，以边塞诗成就最高。他不畏山高路远，曾数度顶风冒雪从军边塞。而其自身最为独特之处，用《旧唐书》本传的话来讲，那就是："以诗人为戎帅"。

　　有唐一代，诗人大多晚境悲凉，唯有高适五十岁前落魄潦倒，五十岁后峰回路转、渐入佳境，直至成为军队统帅，且颇有建树，可谓一代传奇。

　　高适（700—765年），字达夫，少孤贫，爱交游，长期寓居宋中（今河

✕　元·赵孟頫《调良图》

南商丘），以躬耕为业，但仍孜孜不倦，终于学就了一身文武艺。在盛唐昂扬开放的政治气氛中，他立志为国家干一番事业，常以建功立业自期。

首次赴边塞，赋得《燕歌行》

20岁那年，高适以一介书生身份奔赴长安，冀求一展抱负，结果碰壁而归，大失所望。后来，他在诗中感叹道："白璧皆言赐近臣，布衣不得干明主！"（《别韦参军》）。

开元十八年（730年），大唐东北边境幽蓟一带（今河北省北部）爆发了与契丹的战争。高适于次年由宋中出发，奔赴幽蓟，打算从军边塞，为国效力。他慷慨激昂地唱道："常怀感激心，愿效纵横谟！"（《塞上》），希望得到前敌将领的任用，但未能如愿。后闻唐军战败，高适为边塞军民的不幸深感忧虑，写道："一登蓟丘上，四顾何惨烈！来雁无尽时，边风正骚屑！"（《酬李少府》），同时又对自己请缨无路、报国无门的遭遇而悲愤不已："临边无策略，览古空徘徊！"（《酬裴员外以诗代书》），只能无奈地叹息："谁怜不得意，长剑独归来！"（《自蓟北归》）。

开元二十三年（735年），唐玄宗下诏开制科试，令天下各州荐举贤才。高适被召往长安，却不获任用。他这时已是很有名望的诗人。落第后，高适在长安结识了颜真卿、张旭等名士，并与王昌龄、王之涣等边塞诗人同游长安城。

开元二十六年（738年），高适由长安回到宋中，遇见一位友人从幽州边塞回来，并将自己的诗作《燕歌行》与高适分享。高适读罢，不禁想起几年前奔赴塞外的亲身经历，感慨万端，于是也写了一首《燕歌行》：

汉家烟尘在东北，汉将辞家破残贼。

男儿本自重横行，天子非常赐颜色。

摐金伐鼓下榆关，旌旆逶迤碣石间。

校尉羽书飞瀚海，单于猎火照狼山。

山川萧条极边土，胡骑凭陵杂风雨。

战士军前半死生，美人帐下犹歌舞！

大漠穷秋塞草腓，孤城落日斗兵稀。

身当恩遇常轻敌，力尽关山未解围。

铁衣远戍辛勤久，玉箸应啼别离后。

少妇城南欲断肠，征人蓟北空回首。

边庭飘飖那可度，绝域苍茫无所有！

杀气三时作阵云，寒声一夜传刁斗。

相看白刃血纷纷，死节从来岂顾勋？

君不见沙场征战苦，至今犹忆李将军！

这首诗主要揭露了边将骄逸轻敌，不恤士卒，致使战事失利的狼狈情景。全篇大致可分四段：

首段八句写出师。其中前四句说战尘起于东北，将军奉命征讨，天子特赐荣耀，已见其得宠而骄，为后文轻敌伏笔；后四句接写出征阵容：旌旗如云，鼓角齐鸣，一路上浩浩荡荡，开赴战地，为失利时狼狈情景作反衬。

第二段八句写战斗经过。其中前四句写战斗打响，敌军来势凶猛，唐军伤亡惨重，后四句写战至傍晚，唐军已兵少力竭，不得解围。

第三段八句写征人、思妇两地相望，重会无期。末段四句，前两句写戍边战士在生还无望的处境下，决心以身殉国；后两句写诗人的感慨和对战士悲惨命运寄予的深切同情。

　　全诗气势畅达，笔力矫健，气氛悲壮淋漓，主旨深刻含蓄，被近人誉为高适的"第一大篇"。高适在自己第一次出塞经历的基础上，以高超的艺术概括，广泛而深刻地反映了盛世之下边塞战事的实际情形，真实地表达了戍边战士的思想感情和意愿，因而此诗一出，便传颂不绝，成为其边塞诗中的代表作，后来更成为整个唐代边塞诗中的杰作，千古传诵。

莫愁前路无知已，以诗当酒别友人

　　天宝三年（744年）秋，高适在梁宋（今河南商丘）与李白、杜甫这两位大诗人相聚。他们把酒论道，文思壮丽，三人还同游单父古邑，访古琴台，纵猎于孟诸古泽，尽兴而归。

　　与友人高谈阔论，海阔天空，而现实却冷酷无情。这时的高适已年近五十。尽管从二十岁起就积极谋求入世，但终因时运不济而沉沦潦倒。其间虽有地方官员荐举，末了亦无成就。随着时光的流逝，他被消磨得愈加穷困了。

　　大唐盛世之下的天宝六载（747年）一个冬日的黄昏，落日黯淡，乌云密布，大雪纷飞，在北风狂吹中，一行征雁出没于寒云间，正奋翮翱翔。在睢阳（今河南省商丘）城内，高适与好友董大久别重逢。"董大"名为董庭兰，因其在兄弟中排行第一，故称。他是当时著名的琴师，但因盛唐时盛行胡乐，能欣赏七弦琴这类高古琴艺的人不多，所以，董琴师四处奔波而无结果，很不得志。此番与高适短暂聚首后，又将奔往他方寻找出路。高适虽想尽地主之谊，却处于连买杯水酒的钱都没有的"贫贱"境遇。但他并没有因此沮丧，而是以诗当酒，为友人饯行，写下了这组赠别之作《别董大二首》：

其一

千里黄云白日曛，北风吹雁雪纷纷。

莫愁前路无知己，天下谁人不识君？

其二

六翮飘飖私自怜，一离京洛十余年。

丈夫贫贱应未足，今日相逢无酒钱。

在唐人赠别诗篇中，那些凄清缠绵、低回流连的作品固然感人至深，但另外一种慷慨悲歌、发自肺腑的诗作，却又以其真诚的友情和坚强的信念，为灞桥折柳和渭城朝雨平添了另一种豪放壮美的色彩。高适这组赠别之作便是后一种风格的佳篇。在这两首送别诗中，高适以开朗的胸襟、豪迈的语调把临别赠言说得慷慨激昂，鼓舞人心。

第一首诗，写日暮天寒、好友别离，却一扫缠绵幽怨的老调，尽展诗人豪迈豁达的胸襟。其中"莫愁前路无知己，天下谁人不识君"充满希望和光明，既是对朋友的劝慰，也是自我激励，令人听罢心胸为之宽广，精神为之振奋。临别赠言，无一丝一缕离愁别绪，而是满怀激情地鼓励友人踏上征途，迎接未来。

第二首诗，写明诗人正处于漂泊不定、极为贫贱的境遇之中，但并未因此沮丧、沉沦，而是要逆风而上，奋翮高飞。

全诗语言质朴无华，格调慷慨豪迈，意志坚定不移。故气质自高，能为志士壮行，能为游子拭泪。

万里不惜死，诗人为戎帅

天宝八年（749年），玄宗下诏开"有道科"，时任睢阳太守的张九皋荐高适赴试。张九皋是盛唐最后一任贤相张九龄的弟弟。高适在五十岁这年得此贵人相助，总算是应举中第。但中第后，他却只得到一个封丘县尉（相当于县公安局局长）的委任，虽大失所望也只好勉为赴任。"拜迎官长心欲碎，鞭挞黎庶令人悲"（《封丘县》）是其此番职业生涯的真实写照。这使得为人正直的高适感到十分痛苦，因为他不甘心终日"拜迎官长"，蝇营狗苟，更不忍心"鞭挞黎庶"，欺压百姓。天宝十年（751年）冬，他因送兵再次来到蓟北，于是又想建功边塞。但当他亲眼看到安禄山发动不义之战并隐败冒功的丑行，以及唐玄宗姑息养奸、昏庸颟顸时，心中顿生愤慨与失望，于是决意"归去结茅茨！"

次年春，高适南返封丘，不久便辞官而去。秋，他又西游长安，与杜甫、岑参等好友同登慈恩寺塔。在《同诸公登慈恩寺浮图》诗中，高适写道："盛时惭阮步，末宦知周防。输效独无因，斯焉可游放！"表达了自己生逢盛世却无法为国效力而甚感忧愤。显见，儒家积极用世、经世济民的家国情怀对高适影响很深。虽辞去封丘县尉，但高适并不甘心就此引退。

好在上天不负苦心人！天宝十二年（753年），高适经人推荐入河西节度使哥舒翰幕下，担任翰府掌书记（机要秘书）之职。这是他一生的转折点。在此前的几十年，他虽有为国建功立业的抱负，但终因仕途坎坷而无法施展，现在得到哥舒翰的任用，心中非常高兴。在赴河西边塞途中，当走到历来让征人"遥望秦川，肝肠断绝"的陇山时，高适反而怀着感激、兴奋的心情唱道："浅才登一命，孤剑通万里。岂不思故乡？从来感知己！"（《登陇》）。

　　高适入幕时，正值哥舒翰击败吐蕃、收复九曲（今青海化隆）。九曲之战乃唐与吐蕃在对西域百年争夺中，在天宝年间取得决定性胜利的终结之战，此战彻底地解除了当地常年不息的边患，所以，高适对这一战役充分肯定，并作《九曲词三首》热情歌颂了哥舒翰和唐军的功绩与声威。

　　其一

　　　　　　许国从来彻庙堂，连年不为在疆场。
　　　　　　将军天上封侯印，御史台上异姓王。

　　其二

　　　　　　万骑争歌杨柳春，千场对舞绣骐驎。
　　　　　　到处尽逢欢洽事，相看总是太平人。

　　其三

　　　　　　铁骑横行铁岭头，西看逻逤取封侯。
　　　　　　青海只今将饮马，黄河不用更防秋。

这三首诗颂扬了哥舒翰收复九曲（今青海化隆）之功，描写了收复九曲之后边患不存，边民得以安居乐业的和平景象与欢乐气氛。第一首诗歌颂哥舒翰的巨大功绩和显赫地位；第二首诗写和平来临，军民欢庆的盛大而热烈的场面；第三首诗赞扬了唐军的雄心壮志，写出了收复九曲的政治意义和历史意义。全诗于整饬中见流畅，音调响亮，节奏明快，融壮丽之场景、热烈之气氛、奔放之激情于一炉，一气呵成，声情并茂，充满着乐观豪迈的壮美诗意。

天宝十四年（755年）十一月，爆发安史之乱。十二月，洛阳陷落，形势异常紧张。高适由河西返长安，任左拾遗，转监察御史，佐哥舒翰守潼关。次年六月，由于玄宗错误指挥，潼关失守。高适西奔长安，上表"请竭禁藏募死士抗贼"（《新唐书·高适传》）。玄宗不纳，仓皇逃蜀。高适追及河池（今陕西凤县），护送玄宗进入成都，擢谏议大夫。十二月，唐肃宗授高适为扬州大都督府长史、淮南节度使，成为镇守一方的军事统帅，即史书上所称的"戎帅"。随即平定永王李璘之乱，讨伐安史叛军，解救睢阳之围，而后历任太子詹事，彭、蜀二州刺史、剑南节度使。在任蜀州刺史时，高适曾两度平定当地叛乱，为稳定蜀中，支援朝廷平定安史之乱，做出了重要贡献，最终升任刑部侍郎，转散骑常侍，封渤海县侯。

高适的一生，生逢"盛世"，却因长期碰壁而经常感到"途穷"。尽管他青壮年都是在落拓不遇中度过，却从未灰心丧气，而是一直积极谋求用世，对理想和抱负自始至终不懈追求。

从高适的整个作品中，可以清晰地看到，他从未受当时盛行的佛、道思想的影响。即使在现实中四处碰壁、穷困不堪，他也不曾想到要"求仙访道"或"面向空门"，甚至对当时士大夫阶层的那些颓废生活也看不惯。他的作品中从不提时髦的狎妓或其他无聊的生活，从不写什么艳情诗。他苦闷时也曾想到喝酒，但绝不是为了逃避现实，也不是想以一醉而忘掉理想和抱负。因此，无论失望、挫折，还是压抑、冷落，都没有动摇高适为实现自己的理想和抱负而积极追求的决心。人到老年，高适终于走上了仕途，实现了自己报效国家、建功立业的夙愿。与唐代众多诗家相比较，高适这种积极奋发的生活态度和坚持不懈的追求精神，确实与众不同，有其过人之处。所以史家评价高适："以诗人为戎帅；有唐以来，诗人之达者，唯适而已。"（《新唐书·高适传》）。

高适生性豪爽正直，作为盛唐著名的边塞诗人，其诗直抒胸臆、雄浑悲壮，字里行间洋溢着诗人强烈的家国情怀！他由衷地赞扬大唐战士们"相看白刃血纷纷，死节从来岂顾勋"（《燕歌行》）的报国情操，更以"万里不惜死，一朝得成功"（《塞下曲》）、"秉钺知恩重，临戎觉命轻"（《酬河南节度使贺兰大夫见赠之作》）的大无畏精神，激励自己报效国家，哪怕是献出生命。当他入哥舒翰幕下时，虽已年过半百，却仍以"王程应未尽，且莫顾刀环"（《入昌松东界山行》）的家国情怀，奔赴疆场。

"莫愁前路无知己，天下谁人不识君？"读高适诗，想见其为人，思慕之间，也使我们穿越千年而强烈地体会到"盛唐之音"的巨大魅力。

PART 05
白居易：野火春风原上草

白居易（772—846年），字乐天，号香山居士，唐代著名的现实主义诗人。白居易幼年聪颖过人，五六岁开始学诗；10岁时遭逢战火，随母离开家乡，颠沛流离。尽管生逢乱世，少年白居易仍刻苦读书，读书读到口上生出了疮，肘腕磨出了茧，年纪轻轻头发已白。

✕ 明·郭诩《琵琶行图轴》

唐德宗贞元三年（787年），16岁的白居易进京赶考，带上自己的诗文习作来到长安城，拜见了当时的大名士顾况，希望得到高人认可和推荐。顾况是个恃才傲物的长者，很少有被他认可、获他推荐的诗文。白居易前来拜见时，顾况并不将这位无名小辈放在心上，还拿白居易的名字开玩笑说："长安百物皆贵，居大不易。"意思是说：长安这地方什么东西都很贵，若无真才实学，想要居住下来恐怕非常不容易。可当他浏览过白居易递上的诗卷，看到"离离原上草，一岁一枯荣。野火烧不尽，春风吹又生"的诗句时，顿时大为赞赏道："有才如此，居天下亦不难！老夫前言戏之耳。"其后，顾况逢人便盛赞白居易的诗才，白居易由此声名大振。这首《赋得古原草送别》也成了他的成名作。该诗通过对古原草的描绘，既表达了与友人分别时的留恋之情，又反映了白居易蓬勃向上、积极进取的精神。在古往今来吟咏野草的诗篇中，再没有比这首更动人、更家喻户晓的了。

唐德宗贞元十五年（799年），白居易考中进士，由此步入仕途，时年27岁，是同科进士中最年轻的一位。在大雁塔下，他写下了"慈恩塔下题名处，十七人中最少年"的诗句。唐朝进士极难考上，每次录取不超过30人，素有"三十老明经，五十少进士"之说，白居易当属少年得意。

白居易生性善良、正直，敢言直谏，有刚正不阿的操行。少年时的坎坷经历，也使他有机会了解下层劳苦大众的悲惨生活状况，因此写下了大量讽喻诗，生动形象地反映了当时劳动人民受压迫受剥削的痛苦，揭露了统治阶级的横征暴敛，具有鲜明的现实色彩。其中《秦中吟》十首和《新乐府》五十首是这一时期的代表作品。他在《新乐府序》中明确表达了自己写讽喻诗的目的，是"为君、为臣、为民、为物、为事而作，不为文而作也"。他希望通过这样的作品，使皇帝了解社会下层状况，"上可裨教化，舒之济万民"。他这种善良的愿望虽然无法实现，但强烈地反映出他对劳动人民的深切同情。如《卖炭翁》作为《新乐府》组诗中的一篇，以个别事例来表现普遍状况，描写了一个烧木炭的老人谋生的困苦，通过卖炭翁的遭遇，深刻地揭露了"宫市"的腐败本质，对统治者掠夺人民的罪行给予了有力的鞭挞与抨击，讽刺了当时腐败的社会现实，表达了作者对下层劳动人民的深切同情，有很强的社会典型意义。全诗描写具体生动，历历如绘，结尾戛然而止，含蓄有力，在事物细节的选择和人物心理的刻画上都有独到之处。

《琵琶行》与《长恨歌》是白居易写得最成功的作品，是白居易自己归入感伤诗里的两首长篇叙事诗。

在《长恨歌》这首长篇叙事诗里，白居易以精练的语言、优美的形象，叙事和抒情结合的手法，叙述了唐玄宗、杨贵妃在安史之乱中的爱情悲剧：他们的爱情被自己酿成的叛乱断送了，不得不自食苦果。诗人并不拘泥于历史，而是根据当时人们的传说及街坊的歌唱，从中蜕化出一个回旋曲折、宛转动人的故事，用回环往复、缠绵悱恻的艺术形式描摹、歌咏出来。由于诗中的故事、人物都是艺术化的，是对现实中人的复杂性真实地再现，所以能够在历代读者的心中漾起阵阵涟漪。

《琵琶行》的主旨是"同是天涯沦落人，相逢何必曾相识"。白居易通过写琵琶女生活的不幸，又结合自己在宦途所受到的打击，唱出了这一心声。世事变迁，世态炎凉，对不幸者命运的同情，对自身失意的感慨，这些本来积蓄在心中的沉痛感受，此时此刻都一起倾入诗中。这首诗在艺术上的成功，还在于运用了优美鲜明、有音乐感的语言，用视觉的形象来表现听觉所得来的感受："如急雨""如私语""水浆迸""刀枪鸣""珠落玉盘""莺语花底"等等，使人读来如闻其声，如临其境。

这两首长篇叙事诗在艺术表现上的突出特点是：抒情因素的强化。与

✕ 清·康涛《华清出浴图》

此前的叙事诗相比，这两篇作品虽也用叙述、描写来表现事件，但却把所描述的事件简到不能再简，只用一个中心事件和两三个主要人物来结构全篇，例如颇具戏剧性的马嵬坡事变，作者在《长恨歌》中以寥寥数笔即将之带过，而在最便于抒情的人物心理描写和环境气氛渲染上，则泼墨如雨，务求尽情；又如，即使在《琵琶行》这种在乐声摹写和人物遭遇叙述上着墨较多的作品，也是用情把声和事紧紧联结在一起，声随情起，情随事迁，使诗的进程始终伴随着动人的情感力量。除此之外，这两篇作品的抒情性还表现在：以精选的意象来营造恰当的氛围、烘托诗歌的意境。《长恨歌》中"行宫见月伤心色，夜雨闻铃肠断声"，《琵琶行》中"枫叶荻花秋瑟瑟""别时茫茫江浸月"等诗句，或将凄冷的月色、淅沥的夜雨、断肠的铃声组合成令人销魂的场景，或以瑟瑟作响的枫叶、荻花和茫茫江月构成哀凉孤寂的画面。其中所透露的凄楚、感伤、怅惘等意绪，统统为诗中的人物、事件渲染着色，使读者面对如此意境、氛围，心灵随之摇曳激荡、不能自已。

白居易是中唐时期影响极大的诗人，是"新乐府"诗歌运动的倡导者之一。他主张"文章合为时而著，歌诗合为事而作。"也就是说，文学创作要反映社会现实生活，要为社会的政治教育服务。他这种进步的文学理论，对后世文学创作的发展产生了积极的影响，在中国古典文学批评史和诗歌史上占有重要的地位。白居易的诗作充分反映了这一文学创作理论。

白居易善于从现实生活中选取具有典型性的人或事，加以艺术刻画，使作品的主题明确，针对性强，形象鲜明突出。他作品中的语言通俗易懂，生动准确，普通老百姓也能读得通、听得懂。

白居易是唐代伟大的现实主义诗人，一生写了大量诗歌，共有3600多

✕ 明·仇英《浔阳琵琶》

首。他的文学理论和诗歌对我国古代文学的发展有重大影响，受到后世人们的敬慕。

846年，白居易去世，享年75岁。在历史上有"小太宗"之誉的唐宣宗李忱曾写诗悼念："缀玉联珠六十年，谁教冥路作诗仙？浮云不系名居易，造化无为字乐天。童子解吟长恨曲，胡儿能唱琵琶篇。文章已满行人耳，一度思卿一怆然。"此诗可视作对白居易一生简要而形象的概括。

PART 06
李商隐：此情可待成追忆，只是当时已惘然

　　有道是："盛唐之诗，春花也，桃李之秾华，牡丹芍药之妍艳，其品华美贵重，略无寒瘦俭薄之态，固足美也。晚唐之诗，秋花也，江上之芙

✕　南宋·冯大有《太液荷风图》

蓉，篱边之丛菊，极幽艳晚香之韵，可不为美乎？"晚唐诗如秋花，有幽艳晚香之韵。其中最为杰出的代表，就是李商隐。

李商隐的诗作风格独特，其特点是思深意远，朦胧凄艳，尤其是那些深入心灵的抒情诗，更是在唐诗中开辟出一种新天地，艺术成就很高。李商隐诗风的形成，与当时的历史背景和他的人生遭遇是分不开的。

李商隐生活在中、晚唐，历经宪宗、穆宗、敬宗、文宗、武宗、宣宗六朝，正是唐帝国风雨飘摇时期。中央有宦官当政，朝臣间派系党争，地方上潘镇割据，边境则外族来扰，百姓苦难深重。这些社会现实是诗人当时必须面对的，对他的人生道路和创作实践都有很大的影响。

李商隐（813—858年），字义山，号玉溪生、樊南生，怀州河内（今河南沁阳市）人，自小天资聪颖，但一生潦倒穷愁，郁郁不得志。他童年死姊丧父，孤苦无依，家境贫寒，早早担起家庭重担，"佣书贩舂"。少年时有壮志，学习刻苦，才华初显。早年被牛党要人令狐楚赏识和器重，为求功名，应试近十年，于文宗开成二年（837年）登进士第。期间，李商隐曾在玉阳山学道，与女冠有唱和爱恋。26岁时李商隐入王茂元府为幕僚，并成为他的女婿，此间被朝廷授职九品小官。因王茂元被视为李党，李商隐无意间卷入牛李党争的政治漩涡，仕途从此受阻，处处被排挤和打压。从他35岁到46岁去世，主要过着游幕生活，先后供职于桂管观察使郑亚、武宁军节度使卢弘正、西川节度使柳仲郢幕府中。他40岁时赴四川柳仲郢幕下的同一年，相爱笃深的妻子王氏离世，子女留居长安，这更加深了他的痛苦。在川四年，李商隐对入世心灰意冷，一度曾有意出家为僧。跟随柳仲郢出川回京两三年后，在夹缝中求生存的李商隐，选择了罢职后回故乡闲居，最后病逝于出生地河南荥阳。

纵观李商隐的一生，除了玉阳山学道、中进士和婚配王氏这几年比较如意，其他时期都是相当不幸而悲惨的。唐帝国的衰落造成文人没落的社会大背景、功名仕途的坎坷和个人身世遭遇，加上他敏感内向的性格、恃才傲物的个性和丰富细腻的情感，便形成了李商隐诗歌中伤感忧郁的特性。

李商隐写诗善用比兴，喜欢用典，以寄托之笔和含蓄之风进行创作。他在《谢先辈防记念拙诗甚多异日偶有此寄》中写道：

> 晓用云添句，寒将雪命篇。良辰多自感，作者岂皆然。
>
> 熟寝初同鹤，含嘶欲并蝉。题时长不展，得处定应偏。
>
> 南浦无穷树，西楼不住烟。改成人寂寂，寄与路绵绵。
>
> 星势寒垂地，河声晓上天。夫君自有恨，聊借此中传。

从这首诗中，可以看出李商隐在创作上的几个观点：第一，不管是"用云添句"还是"将雪命篇"，他作诗都是有感而发，有所寓意的。第二，他对待创作是认真严谨的，构思时如"熟寝之鹤"，苦吟时似"含嘶之蝉"。第三，他认为诗不能人云亦云，要"得处定应偏"，有独到之处。而且表达上要含蓄委婉，用"南浦树""西楼烟"之意象，来表达"寂寂""绵绵"之情感。"星势寒垂地，河声晓上天。"要做到即景所见，以景动人。最后一句，说明了他写诗是用来传恨，也就是表达内心苦闷情感的。这段话，可以让我们一窥李商隐诗歌创作上的美学观念。

李商隐年轻时有凌云之志，有奔放的热情和正直的性格，诗歌风格多样，最突出的是他的政治诗和抒情诗。

他中进士后，参加吏部考试，结果被考官疑为李党而除名。为此，他在七律《安定城楼》中写道：

> 迢递高城百尺楼，绿杨枝外尽汀洲。

贾生年少虚垂泪，王粲春来更远游。

永忆江湖归白发，欲回天地入扁舟。

不知腐鼠成滋味，猜意鹓雏竟未休！

他有贾谊的抱负，王粲的才华，他想要驰骋天地，扭转乾坤，到老才归隐江湖。他视功名为腐鼠，可那些气量狭小的人，却以党派纠纷无端猜忌他、打压他，他们怎么能欣赏自己高贵的美德呢？

李商隐是个关心国家命运的诗人。面对国家前途和百姓苦难，他有杜甫一样深沉的思考、敏锐的观察，但现实际遇又使他不能畅所欲言，不幸的个人遭遇也影响着他的创作。因而，他的政治诗在分析上是透彻犀利的，但面对晚唐衰落的社会现实，他在态度上又有悲观消极的色彩。

比如，文宗开成二年（837年）十二月，李商隐为令狐楚送丧后返回长安途中，写成的著名长诗《行次西郊作一百韵》。一开头，李商隐就为我们展示出了一派田地荒芜，民不聊生的荒凉景象。"高田长檞枥，下田长荆榛。农具弃道旁，饥牛死空墩。依依过村落，十室无一存。存者皆面啼，无衣可迎宾。"接着，诗人借村民之口，述说贞观以来的历史变迁和安史之乱的前因后果，直指朝廷弊政："奸邪挠经纶""中原困屠解""重赐竭中国""谋臣拱手立""国蹙赋更重""盗贼亭午起"，对唐王朝的重重危机进行剖析。在诗的末尾，李商隐发出了无奈的感叹："又闻理与乱，在人不在天。"朝廷的衰败之势已不可阻挡，天运如此，皆因人乱。这一长诗颇有杜甫之风，是李商隐反映现实民生疾苦的佳作。

李商隐在反映社会现实的政治诗中，还有一类是直接抨击时局的，从这些诗中，我们可以读出他大无畏的正义感。

比如，大和九年（835年）冬，唐文宗不甘被宦官控制，联合部分朝臣，欲诛杀宦官，夺回权力，却最终失败，导致1000多人被杀，史称"甘露之变"。李商隐于次年写下《有感二首》《重有感》《曲江》等诗，抨击宦官篡权乱政，滥杀无辜，表现了对唐王朝命运的忧虑。当时慑于宦官的气焰，包括白居易、杜牧等诗人在内，没有谁能像李商隐这样写出如此有胆识的作品。他在《有感》中说："如何本初辈，自取屈牦诛。"惋惜朝臣李训等人的失败，"谁瞑衔冤目，宁吞欲绝声。"哀悼大臣们的冤死。

除了犀利的政治诗外，李商隐的咏史诗也向来为后人推崇，这些诗的内容多是对君王荒淫误国的讽刺。比如《隋宫》：

> 紫泉宫殿锁烟霞，欲取芜城作帝家。
>
> 玉玺不缘归日角，锦帆应是到天涯。
>
> 于今腐草无萤火，终古垂杨有暮鸦。
>
> 地下若逢陈后主，岂宜重问《后庭花》？

首联写隋炀帝当年下扬州造"紫泉宫殿"，想在"芜城"久留，当成"帝家"。即景兴起，用词华丽。额联承上，从眼前景推测设想：如果不是李渊得到了传国玉玺，说不定他的"锦帆"还要游到"天涯"去。讽刺之味道，溢于言表。颈联作古今对比，昔日的奢华已是荒凉一片：当年他为游山征集了几斛萤火虫，现在放萤的场所却只剩下了腐草，还有低垂的杨柳和归巢的乌鸦。最后以典故收尾，巧妙地进行设问：如果隋炀帝在地下遇到陈后主，还有心去欣赏《后庭花》吗？隋炀帝的游乐无度和荒淫误国，在含蓄的抒情中道来，以调侃的口吻收尾，用典、意象和隐喻穿插自如，显示出李商隐高超的艺术手笔。

李商隐是唐代抒情诗大家，他的抒情诗大多触景感怀、形式优美、思旨深遥、令人回味无穷。其中最能代表其风格的，是他的无题诗。李商隐的无题诗有近百首，占他流传至今的诗歌作品的1/6，是他在唐诗发展中最重大的贡献之一，对后世抒情诗的发展有深远的影响。

这些无题诗，思想内容广泛。《四库全书》中对他的无题诗有这样一段提要："《无题》之中，有确有寄托者，'来是空言去绝踪'之类是也；有戏为艳体者，'近知名阿侯'之类是也；有实属狎邪者，'昨夜星辰昨夜风'之类是也；有失去本题者，'万里风波一叶舟'之类是也；有与《无题》相连误合为一者，'幽人不倦赏'之类是也。其摘首二字为题，如《碧城》《锦瑟》诸篇，亦同此例，一概以美人香草解之，殊乖本旨。"

也就是说，李商隐的无题诗虽然多托物寓慨，但也有一部分并非如此。其中提到的"昨夜星辰昨夜风"，就是实赋艳情的。这句出自《无题二首》之一：

> 昨夜星辰昨夜风，画楼西畔桂堂东。
>
> 身无彩凤双飞翼，心有灵犀一点通。
>
> 隔座送钩春酒暖，分曹射覆蜡灯红。
>
> 嗟余听鼓应官去，走马兰台类转蓬。

这首诗写于838年，当时李商隐已经和王茂元的小女儿结婚，正准备赴京参加吏部考试，因此赋诗给自己的新婚妻子。前四句写的是婚前的恋爱。起句以回忆兴起，点明他们相遇的时间和地点：夜幕低垂，星儿闪闪，微风轻拂，李商隐和意中人邂逅在"画楼西畔""桂堂之东"。承句以"彩凤"和"灵犀"的比喻手法，传神地写出了两人的心心相印之情：虽然尚且不能像五彩凤凰一样比翼双飞，但彼此的爱意却如灵犀之角，息息相通。后四句则是婚后的别离。转句先以华丽的渲染写饮宴的热闹，不管"隔座送钩"，还是"分组射覆"，两人都能彼此意会。结尾抒发分离之恨：

可叹自己还要去听鼓应官，策马赶去兰台，做那身不由己的蓬草之人。"心有灵犀一点通"一句，以形象的比喻表达出了细腻的情感，真切生动地描绘出恋人之间可意会不可言传的内心活动，从此成为"心心相印"的爱情代名词，被应用到了更为广泛的语境中。

李商隐的大部分无题诗还是有所寄托的。正如清代纪昀在《玉镁生诗说》里的评价："《无题》诸作，大抵感怀托讽，祖述美人香草之遗，以曲传不遇之感，故情真调苦，足以感人。"比如，他那首被称为"千古第一谜诗"的《锦瑟》：

> 锦瑟无端五十弦，一弦一柱思华年。
> 庄生晓梦迷蝴蝶，望帝春心托杜鹃。
> 沧海月明珠有泪，蓝田日暖玉生烟。
> 此情可待成追忆，只是当时已惘然。

✕　明·佚名《蝴蝶图》

初读起来，这似乎是首缠绵悱恻的爱情诗，以一个个虚化的意象：庄生梦蝶、望帝啼鹃、沧海珠泪、良玉生烟，呈现着迷离幽思的意境，凄美忧伤。实际上，这首诗写于李商隐生命的最后一年，是李商隐对自己一生命运的感怀诗。起句以"锦瑟"兴起，自叹"行年无端将近五十"，想来无限感慨。中间四句，是他对自己此生的追忆。"庄生"是自喻，"迷蝴蝶"是回忆玉阳山学道仙游，亦喻自己青年时的美好理想。然而现实击碎了他的迷梦，理想渐行渐远。他有满腹的愁闷，却只能像"望帝"般托身给杜鹃，借诗篇来传达心声。他像沧海遗珠，长对明月空垂泪。他是美玉，有旷世才华，却埋没于蓝田。最后合句的收尾，以"情"字回应起句的"思华年"，扣回主题，并递进句式升华：这种种遭遇，为什么到现在又忆起？那是因为当时心中只是一片茫然。

李商隐的一生是郁郁不得志的。"虚负凌云万丈才，一生襟抱未曾开。"（崔珏《哭李商隐》），诚然，壮志难酬，怀才不遇是他此生之痛。秉性正直，为人真挚，却频遭打压，被视为"诡薄无行"，更使他内心忧伤，再加上晚唐政治的混乱、社会的动荡，以及自身敏感孤介的性格，便形成了李商隐隐晦曲折的诗歌特点，以及诗歌中朦胧伤感的基调。正是这样的诗风，才使李商隐能在唐代自成一家，展现出新的风格，达到另一种新的境界，从而促进了唐诗的发展。

PART 07
晏殊：无可奈何花落去，似曾相识燕归来

　　晏殊（991—1055年），北宋初期词家初祖。他少年时即得中进士，中年官至宰相。适逢天下太平，晏殊多闲暇从事文学创作，尤以词曲成就最高，因此既有"太平宰相"之称，又有"宰相词人"之誉。终其一生，晏殊可谓仕途坦荡、富贵安逸，因而他的词就显得雍容和缓、温润秀洁。

　　晏殊填词，纯为抒写自己的性情，不为应酬而作，正因为不敷衍，故有真性情；他也无意把词当作进身或交际的"敲门砖"，正因为心态清婉，故有好作品。其作品内容多是相思离别、儿女情长之类，含情凄婉，并无出奇之处，但感情真挚，忧愁之中往往透露出对人生的感悟，故而深得后人称许。

　　作为"太平宰相"，晏殊身上焕发着富贵气象，优游于春花秋月，府上"未尝一日不燕饮"。每有嘉宾到访，必盛情留客把盏小酌，席间又以词曲助兴，宾主对酒当歌，谈笑风生。晏殊善于以工丽的词语描写景物，情文并茂，音律谐婉，创造了情致缠绵、凄婉隽丽的意境，给人以美的享受。

　　一个暮春之初，晏殊兴致所至，援笔填了一曲新词。清丽淡雅的情致、温润秀洁的语言，正是太平宰相家中歌者的气质，而待丝竹声落，却使宾主莫名惆怅起来。其实，愈是繁华愈显冷清，曲终人散时的落寞更容

✕ 宋·佚名《春游晚归图》

易触动人的心弦，在圆满的生活中体会到某种无奈的不圆满，在旧时的亭台中体会到时光的流逝和情感的衰颓，于是晏殊写下了著名的《浣溪沙·一曲新词酒一杯》：

> 一曲新词酒一杯，去年天气旧亭台。夕阳西下几时回？
>
> 无可奈何花落去，似曾相识燕归来。小园香径独徘徊。

这是一首伤春惜时之作，悼惜残春，感伤年华的飞逝，又暗寓怀人之意。上阕写天气、亭台、夕阳，依稀去年光景；下阕写花落、燕归，更是触目伤情，抑郁难解，唯有独自徘徊于小园香径而已。词中"无可奈何花

✕ 明·沈周《落花诗意图》

落去，似曾相识燕归来"一联，既伤花落，又喜燕归，燕归而人不归，终究令人抑郁不欢。该联工整圆融，思致缠绵，天成奇偶，成为后世传诵的名句。晏殊本人也颇为自得，爱不释手，曾重复用之。

作为"宰相词人"，晏殊天生有着多愁善感的个性，而当时的文人士大夫又都有拟闺阁之语畅叙幽情的传统，晏殊自然也难脱其俗。于是在一个晓雾缭绕的秋日，他虚拟了一个缱绻于相思中的女子，并以伊人所见所感，填写了一首观照人生离恨的词曲《蝶恋花·槛菊愁烟兰泣露》：

槛菊愁烟兰泣露，罗幕轻寒，燕子双飞去。明月不谙离恨苦，斜光到晓穿朱户。

昨夜西风凋碧树，独上高楼，望尽天涯路。欲寄彩笺兼尺素，山长水阔知何处？

这是一首悲秋怀人之作，也是晏殊深婉含蓄、风流蕴藉词风的代表作。上阕写庭院及室内景物，运用移情于景的手法，通过移入主人公感情的菊愁、兰泣、幕寒、燕飞去、月斜光，点出离恨。下阕承离恨而来，写高楼独望，却不见所怀，欲寄书信，又不知寄往何处，字句间蕴含着无尽的离愁别恨；而临秋望远，极目天涯，境界极为辽阔，较以往的离愁别恨之作又别有新意。其"昨夜西风凋碧树，独上高楼，望尽天涯路"之句，过片承上"到晓"，折回写今晨登高望远。"独上"回应"离恨"，反照"双飞"，脉理细密，层次井然。"西风凋碧树"，不仅是登楼极目所见，而且包

× 明·佚名《楼阁图》

含有昨夜通宵难眠、卧听西风吹落叶的追忆。碧树因一夜西风开始凋落，足见西风之劲厉肃杀，"凋"字正传达出这一强烈感受。景既萧索，人又孤独，黯然低沉之际，又出人意料展现出一片高远境界："独上高楼，望尽天涯路。"这里固然有凭高望远的茫然之感，也有不见所怀的怅惘之情，但这种高远的境界还给人一种精神上的释然，使人从狭小的帘幕愁闷，转向对远方海阔天空的游目骋怀。这三句尽管饱含着望不尽的离愁别恨，却没有纤柔颓靡之气，反倒隐现着一种执着的精神。

正是这种执着精神，千百年后，让近代国学大师王国维在《人间词话》中化用成为"古今之成大事业大学问者"必须经过凡三种境界的"第一境"，以此千古佳句，比喻作大事业大学问必须要有在孤独中执着的精神。

整首词由近及远、由深细趋向高渺，情致深婉而又高远。在婉约派词人众多悲秋怀人之作中显得颇具创意。它不仅具有婉约词情致深婉的共同特点，而且还呈现出了一般婉约词少见的高远境界。它不离婉约词套路，却又在境界上超越了婉约词。加之词人工于词语，炼字精巧，善于移情于景，更使这首词不仅代表了晏殊词的最高水平，同时也展现了宋代婉约词的高妙境界。

从伤春到悲秋，闲愁几许，情思无限，而对于人生的感悟，才正是晏殊词魅力之所在。

PART 08

范仲淹：浊酒一杯家万里，将军白发征夫泪

范仲淹（989—1052年）北宋初年的政治家、文学家，他在千古名篇《岳阳楼记》中所倡导的"先天下之忧而忧，后天下之乐而乐"的家国情怀，对后世影响极为深远。

范仲淹一生出将入相，功名显著，还创作了大量诗文，而他本人无意

✕　元·夏永《岳阳楼图页》

在词坛上骋才争名，故填词不多，也不太注意保存，大都散佚了，现完整存世的仅有5首。尽管数量很少，但几乎都是经典之作，其中最为后人称赞的是《苏幕遮·怀旧》《御街行·秋日怀旧》《渔家傲·秋思》。

北宋自开国至仁宗朝，天下承平日久，文人士大夫追求生活享乐渐成风尚，而作为文人士大夫"花间""樽前"遣兴抒怀的婉约词曲，亦趋向繁荣。整个词坛绮靡柔丽，形式主义盛行，多写一些文人士大夫的闲情逸致和离愁别恨。科举入仕的范仲淹于仁宗年间跻身词坛，在官场前辈兼词坛盟主晏殊、欧阳修的门下，难免受时代风尚的影响。他的《苏幕遮·怀旧》和《御街行·秋日怀旧》写离愁别恨，也属于婉约词。

✕ 南宋·夏森《烟江帆影图》

碧云天，黄叶地，秋色连波，波上寒烟翠。山映斜阳天接水，芳草无情，更在斜阳外。

黯乡魂，追旅思，夜夜除非，好梦留人睡。明月楼高休独倚，酒入愁肠，化作相思泪。

《苏幕遮·怀旧》是一首写秋日羁旅乡愁之作。上阕写景，下阕抒情。全词通过对秋景的描绘，抒发了词人的乡愁。碧云、黄叶、翠烟，是用秋天特有的色调来渲染夕阳下的秋景；乡魂、旅思、愁肠、相思泪，用来映衬触景生发的羁旅乡愁。秋景如此动人，一连发出两个"思"字，足以反衬乡愁之深长。

纷纷坠叶飘香砌。夜寂静，寒声碎。真珠帘卷玉楼空，天淡银河垂地。年年今夜，月华如练，长是人千里。

愁肠已断无由醉，酒未到，先成泪。残灯明灭枕头欹，谙尽孤眠滋味。都来此事，眉间心上，无计相回避。

《御街行·秋日怀旧》是一首写秋夜离人相思之作。上阕以写景为主，稍加寓情，以寒夜秋声衬托主人公所处环境的冷寂，极写银河皓月澄澈之境，突出人去楼空的落寞感，并抒发了良辰美景无人与共的愁情；下阕抒情，从月光感发出离人相思之愁，步步深婉，情景两到，较《苏幕遮·怀旧》更翻上一层，不著一个"思"字，却仍一往情深。

这两首词的写作时地无考。从题目和内容看，应是范仲淹外任期间，触景怀乡、因景怀人之作。虽是继承花间派的婉约词，却独具新意，已从花间词侧重对女人外形美的艳情描绘，转向细致深刻的内心刻画，进而又把代言闺怨改变为个人抒情；写景也从同时代其他词人笔下的"小园香径""庭院深深"这类狭小空间，扩展到辽阔的江野、星空；而且情词真切，不侧艳，不轻浮，婉约之中透着一股清刚之气，气象已在"花间"之外，对后世文学创作也产生了较大影响。他的"碧云天，黄叶地"，后来被元代曲作家王实甫直接拿来化用创作了《西厢记》"长亭送别"一折；而宋代女词人李清照《一剪梅》中的"此情无计可消除，才下眉头，却上心头"，就是从"都来此事，眉间心上，无计相回避"脱胎而成的。

作为文人士大夫，范仲淹本可以一如词坛盟主晏殊、欧阳修那样，始终沉浸于花间派婉约词中，但其特殊的军旅生涯，拓展了他的词作内容。

1040年，因西夏反叛，西北战事吃紧，年过五旬的范仲淹奉调西北前线，担任陕西经略副使，以文官出任武将戍守边塞，直到1043年西夏请求议和，前后共历三载。

范仲淹抵达西北前线时，正值深秋季节。又是一年秋风至，西北边塞的风景与江南老家大不相同。在一个暮霭沉沉、红日西垂的黄昏，坐镇孤城的范仲淹，望见一行南飞的大雁掠过城头，不由得触景生情，写下《渔家傲·秋思》：

塞下秋来风景异，衡阳雁去无留意。四面边声连角起，千嶂里，长烟落日孤城闭。

浊酒一杯家万里，燕然未勒归无计。羌管悠悠霜满地，人不寐，将军白发征夫泪。

这是一首戍边感怀的词作，被后来的词评家称之为"边塞词"。

词的上半阕写景，描绘边塞秋天特有的肃杀风景，也带出了西北前线的严峻形势。其中，特别值得体味的是"孤城闭"三字，它隐隐地透露出宋军不利的军事形势。宋朝自建立时起，就采取重内轻外的政策，在边防

× 范仲淹《渔家傲·秋思》词意（明·汪氏《诗馀画谱》）

上长期采取消极防御政策，放弃警戒，武备松弛。公元1038年，西夏反叛，宋廷调兵讨伐，而事起仓促，将不知兵，兵不知战，以致每战辄败。范仲淹到任后，针对西北地区地广人稀、山谷交错、地势险要的特点，采取"积极防御"的守边方略，在要害之地修筑城寨、构筑坚固的防御体系，改革军事制度，训练边塞军队，使西夏军队不敢轻易侵犯他所统辖的地区。但就整个形势来说，宋军始终居于守势，不敢轻易出击，所以"孤城闭"三字真实地反映了当时军事形势的严峻性，反映出宋军军力的薄弱，即使是范仲淹所驻节的城池，太阳一落山，就城门四闭，如临大敌。

下阕着重抒情，抒发边关将士思乡之情。起手"浊酒一杯家万里"，这是范仲淹自抒胸襟。他身负重任，长期戍边，尤其是秋来之时，难免又起思乡之情。句中的"一杯"与"万里"之间形成了悬殊对比，一杯浊酒浇不去万里乡愁。"燕然未勒归无计"是说战事尚未取胜，还乡之日遥遥无期，这反映出自唐代以来边塞诗词固有的建功立业与思念乡土的矛盾，又带有鲜明的北宋时代特征和当时的政治军事形势内涵。"羌管悠悠霜满地"写夜景，在时间上是"长烟落日"的延续。秋霜带来的寒意和羌笛吹出的悲凉让人辗转，于是引出了下句"人不寐，将军白发征夫泪"，表明范仲淹入夜难眠，愁白了头，又由己及人，以戍边士兵的眼泪总收全词。

范仲淹的这首边塞词与唐代的边塞诗很不同。唐代诗人王昌龄、岑参的边塞诗总体上充满着乐观精神、昂扬的斗志和必胜的信心，因为那是无敌于天下的盛唐气象。而范仲淹所处的时代，却是表面繁华实则积贫积弱、武备不振的宋朝，无法像当年的汉军一样出塞三千余里，讨灭匈奴单于，登燕然山，刻石勒功而还。范仲淹在西北经营多年，也只是稳定了局面，并没有从根本上解决边患问题。这种状况乃时势使然，并非将士无能。

《渔家傲·秋思》真实反映了边塞生活的艰苦、战事的紧张，表达了作者白发戍边的坚定意志，同时还表现出将士久戍边地思念故乡，但边患未除、功业未建的复杂矛盾的心情。

范仲淹把边塞战事写入词中，这在北宋还是第一家，为宋词开辟了崭新的审美境界，从题材上开拓了一个新天地。而词风又一扫五代以来花间词的纤弱柔美之气，逐渐显露出豪放词的气度，其沉雄苍凉的风格，成为后来豪放词作的先声。比如日后苏轼《江城子》中的"会挽雕弓如满月，西北望，射天狼"，岳飞《满江红》中的"三十功名尘与土，八千里路云和月"，辛弃疾《鹧鸪天》中的"壮岁旌旗拥万夫，锦襜突骑渡江初"，都是一脉相承之作。

《苏幕遮》《御街行》尚是花间缠绵，而《渔家傲》已是塞上慷慨。范仲淹的词从形式到内容，都对北宋初期浮糜、艳丽的词风有所突破，具有开创意义。范词兼长婉约与豪迈两种风格，既苍凉又优美，使人百读不厌，在文学史上具有重要的地位。正所谓"平生忧乐关天下，经略边疆赋壮词。别有深情流露处，眉间心上耐寻思。"（缪钺《论范仲淹词》）。

PART 09
柳永：才子词人，自是白衣卿相

柳永（约984—1053年），北宋著名词人，婉约派代表人物，北宋崇安县（今福建武夷山市）人，初名三变，后改名柳永，因排行第七，又称柳七。

柳永初名柳三变，取自《论语》"君子有三变"之意，即"望之俨然，即之也温，听其言也厉。"君子既有庄重之仪表，又有温和之性情，同时还有威严的品格。由此可见，柳永的父母希望此儿长大后成为一名君子。

柳永出生在一个典型的奉儒守官之家，从小深受儒家思想的影响，养成了功名用世之志；而且他自幼才情很好，青少年时就喜爱学作歌词。

北宋真宗咸平五年（1002年），18岁的柳永离开家乡，走出宁静的武夷山，起初计划进京参加礼部考试，可当途经杭州时，因迷恋湖山美好、都市繁华，其浪漫而放荡不羁的性格便显露出来，于是忘记初心，滞留在人间天堂，沉醉于听歌买笑的浪荡生活之中。

这期间，有一位旧时的朋友刚好来杭州作知府，柳永就在中秋前写了一首词，辗转投赠，向旧友赞美了杭州的风土人情，而其真正目的是请求对方为自己举荐。这便是柳词中最为豪放的那首《望海潮·东南形胜》：

× 明·仇英（传）《钱塘胜景图》

东南形胜，三吴都会，钱塘自古繁华。烟柳画桥，风帘翠幕，参差十万人家。云树绕堤沙，怒涛卷霜雪，天堑无涯。市列珠玑，户盈罗绮，竞豪奢。

重湖叠巘清嘉，有三秋桂子，十里荷花。羌管弄晴，菱歌泛夜，嬉嬉钓叟莲娃。千骑拥高牙，乘醉听箫鼓，吟赏烟霞。异日图将好景，归去凤池夸。

这是一首描写杭州风光的名作。柳永采用了由古及今、由远及近、由外及内的手法，将杭州城表现得全面而有纵深感，既有时代气息又不乏历史深韵，流而不泛、富而不俗、笔笔精到、面面可观。

词的上阕写杭州，起句先追述杭州的历史地位，点出"钱塘自古繁华"的题眼，大气磅礴，气势沉雄；接着写远观之景色，先是城市的印象："烟柳画桥，风帘翠幕，参差十万人家"，人烟稠密，人事鼎盛，正应"三吴都会"之句；接着是城市周围的自然环境："云树绕堤沙，怒涛卷霜雪，天堑无涯"，雄阔壮美，地势绝佳，则扣住"东南形胜"之句；最后又拉回到城市，写集市民户的情景："市列珠玑，户盈罗绮，竞豪奢"，民殷物阜，喧闹兴隆，描述了杭州当今的繁华。

下阕则详写西湖，从景色秀丽的自然造化写到声色繁盛的人世间；最后则归结于杭州地方长官的出行和气派。"千骑拥高牙，乘醉听箫鼓，吟赏烟霞"，既是对地方长官潇洒风度的颂赞，也是对杭州的诱人景色和承平气象的侧面夸饰；"异日图将好景，归去凤池夸"，既是奉承旧友即将升迁，同时也在点明杭州本地的繁华是值得夸耀的政绩，是得到朝野上下一致认同的承平气象。柳永在这里不仅巧妙地逢迎了旧友，同时将杭州之美写得有声有色、有骨有肉。

该词一反柳永惯常的婉约风格，以大开大阖、波澜起伏的笔法，浓墨重彩地铺叙展现了杭州的繁荣、壮丽景象，不减东坡来日之豪放。

当旧友在中秋府会上听到这首词曲时，便立即请柳永前来入席叙旧。不久，旧友应了词中所言，还京升迁去了，而柳永请求举荐之事也就没了下文。其实，《望海潮·东南形胜》虽为一首投赠之作，却无丝毫谄媚强求之嫌。因为柳永当时对自己的才学超级自信，全词上下没有流露出有意通过举荐做官的心迹。虽然结尾处点缀了对旧友的"称美"，但那只是整首词严密章法中的一个组成部分，柳永从容投赠，最终没有落脚于自身。

柳永继续留在杭州，生活一切照旧。因词填得好，翩翩少年柳七成为曲坊歌伎竞相结交的对象。而他的词作也因美人们的传唱，红遍大街小巷。就这样，柳七偎红倚翠，醉卧烟雨江南的温柔乡，一醉就是6年。

1008年，柳永24岁，百般不舍地告别梦幻江南，进京赶考。当时天下承平日久，东京汴梁繁华极盛，纸迷金醉。进到帝都，他发现自己的词作已在天子脚下广为传唱。他踌躇满志，自信"定然魁甲登高第"。可第二年春闱刚过，真宗下诏评判，凡"属辞浮糜"的试卷皆受到严厉谴责，柳永初试应声落第，愤慨之下作词一首，这便是柳词中最为狂荡的那首《鹤冲天·黄金榜上》：

黄金榜上，偶失龙头望。明代暂遗贤，如何向。未遂风云便，争不恣狂荡？何须论得丧？才子词人，自是白衣卿相。

烟花巷陌，依约丹青屏障。幸有意中人，堪寻访。且恁偎红倚翠，风流事，平生畅。青春都一饷。忍把浮名，换了浅斟低唱！

这首词属柳永早期作品，是他初次参加进士科考落第后，一时不平，抒发牢骚感慨之作，真切细腻地表述了柳永落第后的状态。

词的上阕叙述了柳永落第后的失意不满和恃才傲物的个性，下阕叙写了落第后放浪形骸、纵情风月的做派。

该词开口即言"黄金榜上，偶失龙头望"，表明柳永考科举、求功名，并不满足于登进士第，而是把夺取殿试头名状元作为目标，落榜只是"偶然""暂时"，由此可见柳永狂傲自负的性格。

柳永自称"明代遗贤"，这是在讽刺本朝号称清明盛世，却不能做到"野无遗贤"。但就个人而言，既然已经落第，下一步该怎么办呢？"风云际会"、施展抱负是读书人的奋斗目标，既然"未遂风云便"、理想落空了，柳永干脆转向了另一端，这便是"争不恣狂荡"，表示要无拘无束、继续流连坊曲，狂荡下去，而"偎红倚翠""浅斟低唱"，正是对"狂荡"的具体描画。柳永这样写，是恃才负气的表现。科举落第使他产生了一种逆反心理，所以他毫不顾忌，以这种惊世骇俗的词句，保持自己心理上的优势。

"何须论得丧？才子词人，自是白衣卿相"，身为才子词人，何必患得患失？虽没取得功名，也一样有卿相的尊贵，这既是牢骚感慨的顶点，也是自我宽慰的极限。然而这些话里也已显现出词人自相矛盾的状态："何须论得丧"，正是对科考成败得失的斤斤计较；自称"白衣卿相"，也正是不忘朱紫显达的思想流露。

柳永把他内心深处的矛盾想法抒写出来，正说明落第这件事情给他带来的苦恼和困扰，以及为了摆脱这种烦忧而作的挣扎。写到最后，柳永好像有了结论："青春都一饷。忍把浮名，换了浅斟低唱！"是谓青春短暂，怎忍为了"浮名"而放弃赏心乐事？其实，这仍是他一时负气之言。作为读书人，柳永永远也摆脱不了功名的束缚，其内心深处对功名的渴望与追求，远不能像词中所说的那样"忍把浮名换了"那么简单了断。

全词写得自然流畅，平白如话，读来朗朗上口，因此很快就传播开来，甚至还上达天听。于是，本属落榜一纸牢骚言，竟成了直接影响柳永一生的重要作品，以至于我们今天所看到的柳永形象，很大程度上就是由这首词造成的。

柳永发完牢骚后没过多久，就对初试不利不再介怀。因为，尽管名落孙山、心有不甘，但科举入仕之路仍然是实现自我价值的最佳选择，他坚信自己会有金榜题名的那一天。于是在真宗朝，他又先后两次参加科考，虽均落第，却仍抱希望。

果然就在仁宗天圣二年（1024年），他第四次应试，终于考中了。

然而就在进士放榜之际，他却被宋仁宗一笔勾去了功名。原来，仁宗洞晓音律，留意儒雅之词，对柳词之狂荡颇为不满，当看到柳词作者榜上有名时，不由得记起"忍把浮名，换了浅斟低唱"那句狂荡之语，于是说："且去浅斟低唱，何要浮名？"当有人向仁宗推荐柳永时，仁宗回复："且去填词"。

这是柳永第四次落第，他愤而离京，再不留恋这个伤心之地。在与情人惜别后，他登舟南下，途中写下了这首最为凄美的《雨霖铃·寒蝉凄切》：

寒蝉凄切，对长亭晚，骤雨初歇。都门帐饮无绪，方留恋处，兰舟催发。执手相看泪眼，竟无语凝噎。念去去、千里烟波，暮霭沉沉楚天阔。

多情自古伤离别，更哪堪，冷落清秋节！今宵酒醒何处？杨柳岸、晓风残月。此去经年，应是良辰好景虚设。便纵有千种风情，更与何人说？

《雨霖铃》相传是唐玄宗所创。为避安史之乱入蜀，唐玄宗一路悼念杨贵妃，时大雨连绵，行于栈道上耳闻马铃声碎，于是玄宗寻着雨中铃声作《雨霖铃曲》以寄恨，所以这个曲调自身就饱含着哀伤之情。

✕ 柳永《雨霖铃·寒蝉凄切》词意（明·汪氏《诗馀画谱》）

柳永这首《雨霖铃》以悲秋景色为衬托，抒写与情人难以割舍的离情。

上阕写送别的情景，细腻刻画了情人离别的场景，抒发了离情别绪；下阕写想象中的别后情景，表现了双方深挚的感情。全词如行云流水，遣词造句不着痕迹，绘景直白自然，场面栩栩如生，起承转合优雅从容，情景交融，情韵跌宕。将情人惜别时的真情实感表达得缠绵悱恻、凄婉动人，堪称抒写别情的千古名篇，也是柳词及婉约词的代表作。词中"今宵酒醒何处？杨柳岸，晓风残月"更是古今名句。

也许就是从那个"今宵酒醒"之后，他对科举入仕陷入绝望，从此浪迹天涯，长年流连于坊曲之间，自嘲"奉旨填词柳三变"，一心为歌伶乐伎撰写曲子词。都市的繁华、歌伎的多情，让他仿佛找到了生活的方向和精神的寄托。

在宋代，歌伎以歌舞表演为生，其表演效果的好坏，直接关系到她们的生活处境。演出效果取决于演技和所演唱的词，演技靠个人的勤奋练习，而词则靠词人填写。歌伎为了使自己的演唱吸引观众，往往主动向词人乞词，希望不断获得词人的新词作，使自己成为新作的演唱者，以给听众留下全新的印象，同时也希望通过词人在词中对自己的赞赏来提升名气。所以，当时坊曲间流传着这么一句打油诗："不愿神仙见，愿识柳七面。"

柳永落第后，频繁地与歌伎交往，为教坊乐工和歌伎填词，供他们在酒肆歌楼里演唱，常常会得到她们的金银资助，柳永也因此得以流连于坊曲，不至于有太多的衣食之虞。

歌伎是柳永词的演唱者和主要歌咏对象，她们激发了柳永的创作热情，满足了他的情感追求，促成了他的创作风格，也奠定了他的文学地位。

表面上看，柳永对功名利禄不无鄙视，但骨子里还是忘不了功名，希望走上一条通达于仕途的道路。柳永是矛盾的，他想做一个文人雅士，却摆脱不掉对俗世生活和情爱的眷恋和依赖；而流连坊曲的时候，他却又在时时挂念自己的功名。然而，仕途上的不幸，反倒使他的艺术天赋在词的创作领域得到充分的发挥。

他是北宋第一个专力写词的词人，以毕生精力作词，词作甚丰，词风婉约，是婉约派具有代表性的词人之一。

他是第一位对宋词进行全面革新的词人，也是两宋词坛上创用词调最多的词人。他大力创作慢词，将敷陈其事的赋法移植于词，以赋为词，发展了铺叙手法；同时又以俗为美，充分运用俚词俗语，促进了词的通俗化、口语化。柳词正是以适俗的意象、淋漓尽致的铺叙、平淡无华的白描等独特的艺术个性，对宋词的发展产生了深远影响，特别是对北宋慢词的发展和兴盛起了重要作用。

柳词代表作有《望海潮·东南形胜》《鹤冲天·黄金榜上》《雨霖铃·寒蝉凄切》《蝶恋花·伫倚危楼风细细》《八声甘州·对潇潇暮雨洒江天》等等，内容多描绘城市风光和歌妓生活，尤长于抒写羁旅行役之情，很接地气。加之语言通俗，音律谐婉，在当时流传极其广泛，人称"凡有井水饮处，皆能歌柳词"。近代国学大师王国维在《人间词话》中更是推陈出新，将柳词"衣带渐宽终不悔，为伊消得人憔悴"升华为古今成大事业、大学问者，必经的三种境界之第二境。

然而，在柳永内心深处，对于屡试不第耿耿于怀，直到晚年仍难割舍。后来，在好友的劝慰和建议下，柳三变改名为柳永，拾回初心，重走科举入仕之路。好在这次天遂人愿，景祐元年（1034年），宋仁宗亲政，特开恩科，对历届科场沉沦之士的录取放宽尺度。柳永闻讯，即刻由外省赶赴京师。是年春闱，登进士榜，授睦州团练推官。暮年及第，柳永喜悦不已。

年过半百的柳永终于换来了他其实一直想要的"浮名"。只可怜，昔日的青年才俊，如今已是两鬓斑白的沧桑老者。但骨子里，他仍是那个初心犹在的读书人。及第后虽只担任推官这类的芝麻小官，可柳永为官清廉，为民办事。后又调任余杭县令，更是抚民清净，深得百姓爱戴。无论身处哪个职位，柳永都恪尽职守，为政有声，被赞为"名宦"，终以屯田员外郎致仕，故世称"柳屯田"。

在宋朝，狎妓冶游是整个社会极为流行的风尚。柳永因流连坊曲而名声不佳，不被士大夫阶层认同，以致参加科举考试被皇帝除名落榜。但他与一般"狎客"不同，他不是一个彻头彻尾的酒色之徒，他还能保持着清醒的自我意识，并非沉湎于酒色而不能自拔。这一点可从他后来登第为官的事实得到证明。还有一点与一般"狎客"不同的就是：他尊重"意中人"的人格，同情她们的命运，不是把她们当作玩弄的对象，而是与她们结成风尘知己，这一点可从青楼女子对他的由衷爱戴一望而知。可见，词人的"狂荡"之中仍有其严肃认真的一面：狂荡以傲世，严肃以自省，认真以待人。这才是"才子词人""白衣卿相"的真性情。虽不比那些正人君子来得"高大上"，然谦谦君子之风犹存焉。

PART 10

苏轼：大江东去浪淘尽，门前流水尚能西

苏轼（1037—1101年），字子瞻，号东坡居士，世称"苏东坡"，宋代眉州眉山县（今四川省眉山市）人，北宋文学家，宋词"豪放派"的开创者。

苏轼出生那年，其父苏洵已年届27岁。苏洵少时不爱读书，而苏轼的出生，使他突然意识到自己还一事无成，于是开始发奋读书。后经十多年闭门苦读，学业大进，但因文运不佳，多次应试不中。

苏轼出生的第三年，弟弟苏辙也出生了。苏洵把成就功业的希望寄托在两个儿子身上，亲自督教他们读书作文。苏轼勤奋好学，十六岁时就已学通经史，挥笔成文，每天可写出洋洋数千言。

宋仁宗嘉祐元年（1056年），苏洵带着苏轼、苏辙赴京应试。次年，苏轼、苏辙兄弟二人同榜及第，苏洵虽无功名，但他的文章颇受欧阳修赞赏，并向朝廷推荐。由于苏轼兄弟同榜高中，以及苏洵为当朝名流推誉而获免试起用，一时间，"三苏"名动京师，"一门三学士"传为佳话。

苏轼自幼深受儒家经世济时传统教育，年少怀有以身许国之志。入仕后，无论是策论还是在奏章中，他都主张针对现实，大力兴革。

宋神宗当朝时，北宋进入积贫积弱的王朝中期。为改变这一局面，神宗熙宁二年（1069年）开始了震动朝野的"王安石变法"。王安石创行新

法，苏轼与之多有不合。苏轼希望改革"补偏救弊"，徐变徐立，不要"求治太急"，认为王安石的改革太过激进。二人事事相忤，嫌隙越来越大。而急于"更张法制"的宋神宗全面支持王安石变法，苏轼自觉在朝中无法立足，便只得请求外任。

外任期间，苏轼尽心职守，却难免有时在诗文中发点牢骚，表示些与新法不同的意见，针砭新法流弊，这无非是"缘诗人之义，托事以讽"。但没承想竟授人以柄。元丰二年（1079年），御史何正臣等上表弹劾苏轼，说他以文字讪谤君相，包藏祸心。于是，苏轼被关进御史台（别称"乌台"）监狱中受审。这就是北宋著名的"乌台诗案"。

苏轼在乌台狱中遭受诟辱折磨，后经众多亲故全力营救，才躲过一劫，于当年年底结案出狱，以团练副使的名义贬谪黄州（今湖北黄冈）。

✕ 明·文征明《山水册》

获释后，苏轼不敢在京师逗留，于大年初一千门万户除旧布新的爆竹声中，匆匆奔赴贬所。

"乌台诗案"的打击让苏轼对政治、世道和人生都有了较为深刻的认识。如今置身荒僻贫瘠的黄州，倒也能直面冷酷的现实，以一种闲适旷达的心态从容处之，从而形成了他人生境界的第一个转捩点。其词风从此前的纯粹豪放转而蕴涵理趣，作品题材也从主要反映"具体的政治忧患"转而侧重"宽广的人生忧患"。

初到黄州，有位友人见苏轼一家生活困窘，特地为他求得荒弃多年的城东废地数十亩，让他用以谋生。从此，苏轼躬耕其上，聊以糊口自给，还在荒地东坡上筑起房屋。当时正值大雪纷下，苏轼兴致沓来，当即题榜此屋"东坡雪堂"，随之其后便自号"东坡居士"。

来年三月，苏轼患病初愈，与友人同游当地蕲水清泉寺。暮春时节，天色将晚，春雨下个不停，沿途看见山脚下新抽出的兰草嫩芽浸润在潺潺的溪水中，松林间细软的沙路经过雨水洗刷而洁净无泥，伴随春雨下落的萧萧声，时而传来杜鹃的啼叫。清泉寺临溪而建，溪流两边长满兰草，故名"兰溪"。无意中，苏轼发现寺前这条兰溪竟然是向西流淌的，惊奇之余，有所感悟，于是写下了著名的《浣溪沙·游蕲水清泉寺》：

> 游蕲水清泉寺，寺临兰溪，溪水西流。
>
> 山下兰芽短浸溪，松间沙路净无泥。萧萧暮雨子规啼。
>
> 谁道人生无再少？门前流水尚能西！休将白发唱黄鸡。

写这首词的时候，苏轼年方四十有五，在当时的人看来已不算年轻了，加之被贬经年、患病初愈，更让苏轼多愁善感。

词的上阕写景——以淡疏白描的笔墨叙写清泉寺沿途的景致，细微清幽，略带悲情。末了一句以"萧萧暮雨"、杜鹃啼鸣作结，又给阑珊春意平添了几分伤感的色调，尤其是结在杜鹃那种有似"不如归去"的啼叫声中，更衬托出东坡被贬期间的悲凉心情。

下阕抒怀——以形象生动的语言即景取喻、借端抒怀，而且内涵理趣、启人心智。起手"谁道"两句，以反诘唤起，以借喻作答，笔锋转处摆脱了杜鹃声中的悲情，而是以富有情韵的语言，就眼前"溪水西流"这一自然界个别现象发出奇妙的人生感悟。常言道"百川东到海"，"人无再少时"，岁月年华就如同江水东流一去不返，这曾使古今无数人为之悲叹。但世间万物总有意外，既然眼前这条柔弱的溪水都可以逆转"百川东到海"的强势而向西流淌，那么，还有谁非得要说"人无再少时"呢？紧接着，结尾一句再振起一笔，劝世人不要老来感伤。句中的"黄鸡"取自白居易《醉歌》诗中"黄鸡催晓"之语，却一反其光阴易逝、红颜易老之意，而是劝说世人不要一老了就心灰意冷，去唱"黄鸡催晓"那悲伤的调子。苏轼言外之意是：只要老当益壮、穷且益坚，一如溪水西流那样，往往也能重新焕发青春。

苏轼为人胸襟旷达，善于因缘自适、以顺处逆，而这首词正体现了他虽然政治失意、身处困境，却仍能自我勉励、力求振作的精神，全词洋溢着乐观积极的人生态度。

苏轼在黄州虽为本州团练副使，但朝廷规定他"不得签书公事"，实际上，他形同刑满释放仍在受监视的政治犯。然而，他的报国之志未减，内心深处的"忠君爱民""经世济时"的理想信念还时时泛起，用他自己的话说就是："虽废弃，未忘为国虑也。"

正是这种身处逆境而不甘沉沦的矛盾心境，使他听到宋军在西北边疆大破西夏侵扰的捷报时，一方面欢欣鼓舞、拍手称贺，写诗赞颂这场难得的胜仗；另一方面，又因为自己长年被贬，蹉跎岁月，报国无门，心中积聚无尽的忧郁无从诉说。于是，苏轼时常游走于当地山水之间，借"山水之乐"来化解心中的忧郁。

黄州城外西北一带，江山相雄，山势陡然跌入江中，山岩陡峭如壁，石色如丹，当地传说这里就是三国时期周瑜火烧赤壁、曹操落败之处。如此壮美传奇之地，苏轼岂能不到此一游？

这年初秋的一个傍晚，苏轼与友人载酒乘舟，对饮于赤壁之下。友人善吹笛，趁酒酣兴起连吹数曲。笛声划过江面，风起水涌，大鱼皆出，山上栖息的鹊隼也被惊飞四起。苏轼坐在船头，追念八百多年前曹孟德、周公瑾等英雄豪杰，其伟烈丰功就如同发生在昨日一样……此时此地、此情此景，一首古今绝唱横空出世，这便是《念奴娇·赤壁怀古》：

大江东去，浪淘尽、千古风流人物。故垒西边，人道是，三国周郎赤壁。乱石穿空，惊涛拍岸，卷起千堆雪。江山如画，一时多少豪杰。

遥想公瑾当年，小乔初嫁了，雄姿英发。羽扇纶巾，谈笑间、樯橹灰飞烟灭。故国神游，多情应笑我，早生华发。人生如梦，一尊还酹江月。

《念奴娇·赤壁怀古》是豪放词的代表作。此词通过对月夜江上壮美景色的描绘，借对古代战场的凭吊和对风云人物才略、气度、功业的追念，表达了苏轼自己报国无门、老大无成的忧愤之情。

词的上阕先就地写景，为英雄人物的出场做好铺垫。开篇从"大江东去"着笔，随即用"浪淘尽"，把万古东流的大江与彪炳史册的风云人物联系起来，布置了一个极为广阔而悠久的时空背景。气魄极大，笔力非凡。接着"故垒"两句，点出这里是传说中的赤壁古战场，"人道是，三国周郎赤壁"，既是拍合词题，又是为下阕缅怀公瑾预伏一笔。以下"乱石"三

✕ 南宋·佚名《赤壁图册页》

句，集中描写赤壁雄奇壮阔的景物：纷乱陡峭的山崖直穿云空，汹涌的惊涛骇浪直拍江岸，卷起的浪花如冬日里的千堆白雪。煞拍二句，以"江山如画"总束上文，以"一时多少豪杰"带起下片。

下阕由"遥想"领起五句，集中塑造青年儒将周瑜的英武形象。在写赤壁之战前，忽先插入"小乔初嫁了"这一与战争无关的生活细节，刻意把小乔初嫁周瑜与周瑜指挥赤壁之战这两个相隔多年的历史情节捏到一起，以美人烘托英雄，愈加彰显周瑜少年得志、年轻有为。"雄姿英发，羽扇纶巾"，是从肖像仪态上描写周瑜束装儒雅，风度翩翩，着力刻画其仪容装束，正反映出周瑜临战时的潇洒从容，说明他对这次战争早已成竹在胸、稳操胜券。"谈笑间、樯橹灰飞烟灭"，抓住了水战火攻的特点，精确地概括了整场战役大获全胜的场景，而且词中只用"灰飞烟灭"四字，就将曹军的惨败形容殆尽。可以想见，在滚滚奔流的大江之上，一位卓异不凡的青年儒将，谈笑自若地指挥水军，抗御横江而来不可一世的强敌，使对方的万艘战船顿时化为灰烬，这是何等的气势。

苏轼之所以如此向慕周瑜，是因为他始终忧心国朝军力在与辽和西夏作战中败多胜少的不利形势，他时刻关心边庭战事，有着一腔报效疆场的热忱。面对边疆危机的加深，目睹朝廷的怯弱，他非常渴望本朝能出现一位像三国周瑜那样的豪杰人物，力挽危局，毕其功于一役。但这个豪杰人物由谁担纲呢？也许这正是苏轼自况。八年前，他曾期许"会挽雕弓如满月，西北望，射天狼"，现而今，无奈的现实却同报国之志大相抵牾。所以当苏轼从"故国神游"中回到现实，就情不自禁笑自己这个戴罪之身还忧心国事，乃至早生白发，真是自作多情。既然人生如梦、飘忽短暂，那又何必闲愁万种呢？还不如放眼大江东去，举一杯酒来奠祭这轮万古高悬的明月！

全词借古抒怀，雄浑沧桑，大气磅礴，境界宏阔，将写景、咏史、抒情融为一体，动人心魄，感人至深，被誉为"古今绝唱"。

而且，尤为难能可贵是，这首词是苏轼处于人生低谷时写的。乌台诗案中断了苏轼原本顺畅的仕途，然而，正是在黄州这处贬谪之地，赤壁古战场激发了他的创作灵感，进而成就了他一生词曲创作的最高峰。

1085年（元丰八年），宋神宗病逝，年幼的哲宗即位，神宗之母高太后垂帘听政。她一向反对新法，所以一掌权便立即罢黜新政，起用旧党领军人物司马光为宰相。苏轼也被召回京，连获升迁。这时，司马光欲尽废新法，苏轼并未因旧党对其重用而随声附和。苏轼为人正视现实，在被贬黄州期间，他过着与渔樵杂处的生活，有机会更多地接近下层百姓，进而也发现新法的某些"便民"之处，认为新法中的免役法"决不可废"，应权衡利害、参用新法所长，由此引起保守势力的极力反对，又遭诬告陷害。至此，苏轼既不能容于新党，又不能见谅于旧党，所以再度请求外调。

1093年（元祐八年），哲宗亲政，新党重新上台，苏轼再次遭贬，先被放逐到岭南的惠州（今广东惠阳），后又被谪贬海南儋州（今海南岛儋州市）。在宋朝，谪贬海南乃是仅比满门抄斩罪轻一等的处罚。直到1100年（元符三年），宋徽宗继位后，苏轼遇赦北还，不幸半途染病中暑，次年在常州逝世，享年65岁。

苏轼成名虽早，但后半生屡遭政治迫害，历尽苦难。尽管如此，他从未改变"忠义许国，遇事敢言"的家国情怀。在朝中，他直论古今治乱，不为空言；在地方，他兴利除弊，造福当地百姓；甚至在贬所，还幻想着有朝一日杀敌报国；更在自己人生失意处，留给后世许许多多优秀词作。

苏轼作词，何妨人生高开低走，而是超然"指出向上一路"。他创制豪放词，"一洗绮罗香泽之态"，让天下人耳目一新，更让尔后弄笔者始知自振。

PART 11
周邦彦：京华倦客少年游，谁与皇上争风情

周邦彦（1056—1121年），字美成，号清真居士，钱塘（今浙江杭州）人，北宋文学家，宋词"婉约派"的代表词人之一。

周邦彦年少时生活放浪，不守礼节，但颇为勤学，博涉百家之书，多幻想而自命不凡。另外，他还工愁善感，对景物变迁，总是"悲"而且"思"。

✕ 元·钱选《白描人物故事图册》

宋神宗元丰初年，周邦彦游历北宋都城开封府，入太学。其间，向神宗进献七千言大赋——《汴都赋》，热情歌颂了当今圣上主持的新法，乃至龙颜大悦，由太学生直升为学官"太学正"。

神宗死后，年幼的哲宗即位，高太后临朝，罢黜新政，启用旧党，周邦彦随之被排挤出京城。哲宗亲政后，恢复新法，新党复起，周邦彦被召还朝，任国子监主簿；徽宗时，又历任校书郎等职，自是长期旅居京师，过着一种自嘲为"京华倦客"的无聊生活。

北宋末年，在声色繁盛的东京汴梁，宋徽宗与周邦彦同时倾心于京城名妓李师师，交相与之往来密切。

宋徽宗正值春秋鼎盛，自号"天下一人"，富有四海；而周邦彦已年近五旬，原本就是一个校书郎之类的闲职冷曹，在冠盖如云的京城无足轻重。可他作为北宋末年的词人，名气却很大，上至权贵、学士，下至乐工、歌伎，都爱唱周词，尤其是歌伎以能唱周词而自增身价。

相传，一个乍暖还寒的春日傍晚，李师师得知圣上偶染风寒，本以为今晚就不会眷顾自己了，于是悄悄约了周邦彦过来抚琴，填词作曲。哪知道周邦彦刚到不久，锦帐还没捂暖、香炉才刚点燃，外面忽报圣上驾到。周邦彦惊惶失措，情急之下赶紧钻到床下躲藏起来。

原来，宋徽宗抱病前来，只是为了给李师师送一枚江南进贡的鲜橙。李师师用产于并州、如水一般光亮的餐刀，将鲜橙切开，撒上些许吴地产的洁白如雪的细盐，然后剥去橙皮，与徽宗一边分食，一边相对落座调弄笙管。不知不觉间，城楼上已报时三更天了，李师师轻声劝徽宗"不如回宫休息去吧"，又叮咛"路上马滑霜浓，街上行人稀少，要多加小心了。"

待宋徽宗离去后，周邦彦战兢兢爬将出来，庆幸之余，将所见所闻填写成一首《少年游》：

并刀如水，吴盐胜雪，纤指破新橙。锦幄初温，兽烟不断，相对坐调笙。

低声问：向谁行宿？城上已三更。马滑霜浓，不如休去，直是少人行。

词中赞美女主人沉着机智，李师师读罢自然满心欢喜，当即收藏了。

事情本应就这么瞒天过海过去了，可谁知有一次李师师在与宋徽宗欢聚之后，竟然忘情地把《少年游》当着徽宗的面唱了出来。宋徽宗听到里面说的竟是那天和李师师的私事，立刻意识到周邦彦那天一定也在房内，脸色顿时变了，只是碍于有"不可妄杀大臣"的祖训，故而不好发作，但又实在难以咽下这口醋气，于是第二天就下令把周邦彦贬出京城。

眼看寒食节快到了，宫里正忙着取榆柳之新火赐予百官。这时有人来报：不用给周校书准备了，那人已经离开京城走了。宋徽宗心中不由得泛起一丝得意，于是乘兴又去了李师师家。恰巧李师师刚刚从外面回来，只是眼中泪光点点，显然是哭了。宋徽宗问她去了哪里，李师师说送人去了。宋徽宗马上问她，是不是送那周郎去了？李师师点点头。宋徽宗问："他又写了什么没有？"李师师说临行前填了一首《兰陵王·柳》。宋徽宗让她唱来听，于是李师师幽幽唱来：

柳阴直，烟里丝丝弄碧。隋堤上，曾见几番，拂水飘绵送行色。登临望故国，谁识京华倦客？长亭路，年去岁来，应折柔条过千尺。

闲寻旧踪迹。又酒趁哀弦，灯照离席。梨花榆火催寒食。愁一箭风快，半篙波暖，回头迢递便数驿，望人在天北。

凄恻，恨堆积。渐别浦萦回，津堠岑寂，斜阳冉冉春无极。念月榭携手，露桥闻笛。沉思前事，似梦里，泪暗滴。

正午的柳荫直落一线，薄雾中，细长碧绿的柳条随风飞舞。在古老的隋堤上，曾目睹多少离别相送。登高临水，又总把故乡瞭望。有谁知道我这个厌倦京城的住客？长亭路边，折柳伤别，年年相加，早已长过千尺，而他人的回归也触动了我的乡情。

如今载我回家的船儿已经启程，闲适间又忆起京华往事。那晚，灯烛照亮伊人为我饯行的宴席，对饮杯酒伴随着哀伤的琴弦。盛开的梨花催着寒食将至，而我们却无法再聚。南去的船帆风顺箭疾，竹篙半入撑开暖暖的水波，一座座驿站从两岸遥相掠过，而我却愁这船走得太快，回首北望，伊人已远在天边。

船行愈远，我愈加遗恨凄凉。河湖水汊迂回曲折，渡口上的土堡静静守望，落日缓缓西斜，浓浓春色无际。想起昔日携手在榭中赏月，在露珠凝结的桥头，听一曲笛声悠扬。回忆往事，恰似沉浸于梦中，让人暗暗落泪神伤。

这首词的题目是"柳"，内容并非咏柳，而是周邦彦借折柳送别的习俗，写自己离开京城时的心情。那时他已倦游京华，却还留恋着这里的情人，回想和她来往的旧事，恋恋不舍地乘船离去。据宋人张端义《贵耳集》记载，周邦彦和名伎李师师相好，得罪了宋徽宗，被押出都门。李师师置酒送别时，周邦彦写了这首词。

此词别情中渗透着漂泊的疲倦感。第一阕写自我的漂泊，挽合今昔；第二阕写目前送别情景，既有往事的回忆，又有别后愁苦的设想；第三阕又由眼前景折回到前事。统观全词，今昔回环，情、景、事交错，备极吞吐之妙；似浅实深，有吐不尽的心事流荡其中，无论景语、情语，都很耐人寻味。

所以，一曲唱罢，宋徽宗也觉得周邦彦确实是个不可多得的词曲人才。于是龙颜释然，不再与之计较。甚至考虑到人尽其才，徽宗还把周邦彦调到由他本人钦定的、掌管国家乐律的最高官署——大晟府，升做了大晟府提举，也就是专业从事词曲创作的官员。

在这个官职上，"性好音律"的周邦彦如鱼得水，游刃有余。他潜心研究词与音乐的配合，使词体的声律模式进一步规范化、精密化；他还搜集和审定了前代与当下流行的八十多种词调，确定了各词调中每个字的四声，加之精通音律，又曾创制了不少新词调。

当年的周邦彦自视甚高。他将自家堂号起名为"顾曲"，借用三国时周瑜的一个典故来自我标榜。据《三国志·吴志·周瑜传》记载，周瑜精通音乐，当时流传着两句歌谣："曲有误，周郎顾。"意思就是说，周瑜听人演奏时，即使演奏稍有一点儿错误，也瞒不过他的耳朵。每当发现错误，他就要向演奏者相顾一笑，提醒抚琴者：错音了。

以"顾曲"二字名堂，足见周邦彦在词曲方面的自负。同为周郎，一前一后，一文一武，共同的文人情怀，使之穿越魏晋隋唐九百多年而遥相辉映。

周邦彦一生虽然也有些坎坎坷坷，但比起官场前辈豪放派词人苏轼的迁徙流放，就显得波澜不惊了。总体平淡的生活经历，决定了他的词作思想内容狭窄，不外乎男女恋情、别愁离恨、人生哀怨等传统题材，在题材和情感内涵方面没有什么创新。

既然词的内容已被阅历丰富的苏老前辈推到极致，那么，身为婉约词人的周邦彦就只能在艺术手法上精益求精，这反倒成全了他，使他一跃成了北宋词的又一个集大成者，为后人提供了许多有益的借鉴。

周邦彦的词在艺术形式上往往能将过去、现在、未来的景象相互交错，技法多变却又前后照应，结构严密而又委婉曲折，这些都在《兰陵王·柳》中展现得淋漓尽致。单从艺术形式上看，周邦彦确实高人一筹。

✕ 宋·宋徽宗赵佶《听琴图》

在语言技巧上，周邦彦重视语言的精雕细琢，研音炼字，既浑成自然，又精致工巧，例如在《少年游》词中所写的男女之情，意态缠绵，恰到好处，不沾半点恶俗气；又能语工意新，在精雕细琢中时出新意，给人以深刻的印象。这种写生的技巧，即使用在散文上已经不易着笔，而用在填词上就更为不易了。单从语言技巧看，周邦彦实在是此中高手。

周邦彦的词浑厚雅正、典丽精工、法度缜密。他继承了柳永、秦观等人的成就，开启了格律词派的先河，为后来格律词派所效仿；他更是婉约词的集大成者，使婉约词在艺术上走向高峰，其作品在婉约词人中长期被尊为"正宗"。

自打成了皇家大晟府的"词曲官员"，周邦彦平日里上宠下捧，过着舒心且闲适的"专业创作"生活。可好景不长，仅仅过了两年，这个远离政治风云的词曲官员，却因不愿与蔡京奸党合作而被外放，逐出京城。此时的周邦彦已经65岁高龄，难忍颠簸之苦，于是请求退休并获准。

虽生逢北宋末年政治黑暗，周邦彦却没有辜负圣恩。谱制词曲，供奉朝廷，为北宋末年的文化建设做出了重要的贡献。宣和三年（1121年），周邦彦黯然病逝于今河南商丘，享年66岁。这时距靖康之变只剩六年光景，好在国家破灭的惨变发生在他身后。

PART 12

李清照：知否，知否，应是绿肥红瘦

李清照是宋代最为知名的女词人。她生于公元1084年，济南人。"清照"之名，据说由其父母取自王维《山居秋暝》中的"明月松间照，清泉石上流"。

不过，大概他们怎么都想不到，900多年后，这个名字真的和明月一起，被镶嵌在了浩渺的星空——1987年，国际天文学会以"李清照"命名了水星上的一座环形山。从此，李清照之名，在浩瀚的宇宙空间熠熠生辉，与日月同光。

李清照留下来的词作被后人辑为《漱玉集》《漱玉词》，虽仅40多首，但皆为精品之作。她的创作生涯横跨了气象承平的北宋末年和动荡流离的南宋初年，大致可分为前后两个时期。前期生活优渥，多为悠闲之作；后期则情调伤感，多为哀叹之笔。

李清照出生在一个开明的书香之家。父亲李格非是苏轼的学生，"苏门后四学士"之一，官至礼部员外郎，有《洛阳名园记》等著作传世。生母是宋神宗年间宰相王珪的长女；继母是状元王拱辰的孙女，也擅长写文章。有这样的家学熏陶，李清照打小就尽览家中藏书，聪慧过人，能诗善词。

15岁时，李清照曾以《浯溪中兴颂诗和张文潜二首》长诗，轰动了整个汴京城。一句"何为出战辄披靡，传置荔枝多马死"，掷地有声，锋芒毕露。就连治学严谨的朱熹读后，也不禁惊叹地评价道："如此等语，岂女子所能。"

不过，李清照早期的作品还是以闺情为主。比如，这首《如梦令》：

昨夜雨疏风骤，浓睡不消残酒。试问卷帘人，却道海棠依旧。知否，知否，应是绿肥红瘦。

这首词，以神情毕现的对话令人称绝。开头以风雨交加的"昨夜"和宿醉初醒的"我"切入，铺垫出故事背景。接着，是李清照和卷帘侍女的一问一答，自然生动，趣味十足。李清照内心关心的，是海棠花有没有在风雨中遭殃，而在不解风情的侍女看来，只要海棠树还活着，就是"依旧"。这样不得要领的回答，让李清照忍不住嗔怪道："你明白吗？明白吗？昨夜风雨交加，今早应是绿叶繁茂、红花凋零才对，怎么可能是依旧呢？"卷帘人的漫不经心和李清照的多情细腻，在"知否，知否"和"绿肥红瘦"的生命感触中，被活灵活现地表达出来。

春光易逝，转眼李清照就到了婚嫁年龄。18岁时，她嫁给了赵明诚。赵明诚出身相门，擅长金石。两家门当户对，二人两情相悦，可以说是天作之合。新婚生活是幸福的，他们一起邀请朋友饮酒品茶、填词赋诗，一起穿街走巷收集金石、品赏字画，活得高雅脱俗，单纯快乐。比如，李清照有一首《减字木兰花》：

卖花担上，买得一枝春欲放。泪染轻匀，犹带彤霞晓露痕。

怕郎猜道：奴面不如花面好，云鬓斜簪，徒要教郎比并看。

× 清·冯箕《卖花图》

全词自然生动，生活气息浓厚。从兴起买花、欣然赏花、俏皮戴花到与花争艳，天真和娇嗔之态表露无遗。同时，也反衬出两人生活的美满。

然而，正当两人沉醉于新婚甜蜜之时，他们的父辈却因为党争，风波突现。先是李清照的父亲，因为是旧党势力被罢免，李清照被勒令离开京城。后来，李家的事情平复之后，赵家却又风波再起。赵明诚的父亲赵挺之在经历了大起大落后，因为和蔡京的争权失利而去世，赵明诚兄弟三人全部被罢官。赵明诚带着李清照回到了老家青州闲居，这一住就是十年。

十年里，两人相濡以沫，度过了一生中最为愉快的十年。他们以陶潜《归去来辞》的题目为居所命名"归来堂"，李清照还取辞中两句"倚南窗以寄傲，审容膝之易安"，取号"易安居士"。每天，他们收集金石，整理《金石录》，还煮茶赌书，比赛谁能背出某事记载的页码行次。这一寻常情趣，后来被清朝才子纳兰性德写入词中，一句"赌书消得泼茶香"，多少相爱相知的浓情，尽表其中。

青州十年后，赵明诚重新出仕做官。李清照孤身一人，留居青州。这期间，她写下了一首《醉花阴》，寄给在外的赵明诚：

薄雾浓云愁永昼，瑞脑销金兽。佳节又重阳，玉枕纱厨，半夜凉初透。
东篱把酒黄昏后，有暗香盈袖。莫道不销魂，帘卷西风，人比黄花瘦。

这首词，是李清照重阳节赏菊思夫的名作。上阕交代节令，写离别之愁。"薄雾浓云愁永昼"，一天都是云雾弥漫，阴沉的天让人愁闷。日子过得真慢，李清照望着屋内香炉里冒出的袅袅轻烟出神。又到重阳佳节了，可自己却形单影只，独自守着空房，卧在玉枕纱帐中，任凭这半夜的凉气浸透全身。下阕转入赏菊饮酒的场景。闷坐到黄昏，李清照才终于打起精神到"东篱"把酒赏菊，菊花清香四溢，却无爱人共赏，令人倍感寂寞。罢罢罢，还是回房吧。可回到房中，萧瑟的秋风偏不解人意，卷起了珠帘，让人更觉凉意。而帘内的相思人，比那纤细的黄菊还要消瘦。结尾以黄花喻人，形神俱备，生动含蓄，成为千古传诵的名句。

据说赵明诚收到这首《醉花阴》后，大为赞赏，但又心有不服。于是他闭门谢客，三天三夜写了50首词，然后将李清照这首杂入其中，请好朋友陆德夫品评。陆德夫再三品读，最后说："只三句绝佳。"赵明诚急忙问："哪三句？"陆德夫回答说："莫道不销魂，帘卷西风，人比黄花瘦。"正是李清照所作。

李清照能将词写出这种婉约清丽的独特风格，和她秉持的写词观念分不开。为此，她还写过一篇《词论》，提出了"词别是一家"的观点。她认为，词和诗文是不同的，评词的标准主要在于音乐美和语言美。按照这样的标准，她将北宋重要的词人分成了三类：一是虽"时时有妙语，而破碎何足名家"之辈；二是"诗词不分"的"学际天人"；三是算得上"知之者"，却也有不足之处的词人。胡仔在《苕溪渔隐丛话》中说她"力评诸公歌词，皆摘其短，无一免者"。她对词的论述很有代表性，也反映出她的创作特点，但因为过分强调个人情结，反而局限了她早期词作的现实意义。

公元1127年，靖康事变，李清照43岁。金兵南下，家园俱毁，她和赵明诚被迫离乡南渡。南渡不久，赵明诚病故。兵荒马乱，国破家亡，她孤身一人辗转逃难，颠沛流离，多年来费尽心血收藏的文物也丧失殆尽，后来还被诬通敌，因改嫁而声名俱损，晚年境地颇为凄苦。

个人磨难和家国悲剧，冲破了李清照"浓睡不消残酒"的闺房闲适生活，苦难的经历丰富了她后期的创作。因此，她的后期词风与前期判若云泥，发生了质的飞跃。

天接云涛连晓雾，星河欲转千帆舞。仿佛梦魂归帝所。闻天语，殷勤问我归何处。

我报路长嗟日暮，学诗谩有惊人句。九万里风鹏正举。风休住，蓬舟吹取三山去！

这首《渔家傲》写成于赵明诚病逝后，李清照跟着南宋朝廷的"御舟"，"雇舟入海"，仓皇"行朝"的途中。词一开头，就展现出一幅壮美辽阔的海上风光：晨雾升起，天云相接，云雾浩渺，状如波涛。正是银河欲转之时，但见那海边渔舟逐浪而来，千帆如梭，随风而舞。接着，笔锋一转，以酷似屈原《离骚》之笔的梦魂对话天帝场面，开启了对梦境的描写。当天帝温和地询问她欲"归何处"时，李清照对答道："我报路长嗟日暮，学诗谩有惊人句。"人生艰难，时光易逝，李清照倾诉自己学诗半辈子，虽有才华却一无用处，忍不住发出了"路远日暮"的感叹。然而值得称道的是，李清照虽心有不满，却并未学《离骚》自沉于水的消极结尾，而是以大气磅礴的想象，烘托出一只扶摇直上九万里的大鹏展翅画面，并临风而喝道："风休住，蓬舟吹取三山去！"风啊，你不要停！快把我这一叶轻舟，送到蓬莱三仙岛去吧！

全词音调豪迈，气势恢宏，一扫之前李清照的婉约词风，表现出她性情中豪放旷达的另一面，表达了她的伤时忧国之情，是其词作中少见的浪漫主义名篇。

虽然李清照有着积极的爱国热情，但毕竟受时代所限，加上来自多方面的非议和迫害，总免不了在重压之下而思虑重重。比如在《声声慢》中，她就以哀伤欲绝的笔调诉说了自己五味陈杂的内心世界：

寻寻觅觅，冷冷清清，凄凄惨惨戚戚。乍暖还寒时候，最难将息。三杯两盏淡酒，怎敌他、晚来风急？雁过也，正伤心，却是旧时相识。

满地黄花堆积，憔悴损，如今有谁堪摘？守着窗儿，独自怎生得黑！梧桐更兼细雨，到黄昏、点点滴滴。这次第，怎一个愁字了得？

起句七对叠字的连用，历来为词家激赏。文字如泣如诉，且极具音乐美，犹如珠落玉盘，琮琮而来。李清照开口就是无望的寻觅，寻觅些什么呢？大概是已失落的温馨往事，已离去的相爱之人吧。想着自己如今孤身一人，冷冷清清，无人所依。李清照不禁悲从心来，满目皆是凄惨，满怀唯有忧伤。乍暖还寒的天气，孤独的人最难入睡。于是，李清照试图喝点酒暖暖身子，可是三两杯淡酒，又怎么能挡得住夜里的寒风，内心的凄凉呢？天上孤雁飞过，似曾相识，却在伤心哀鸣；地上黄花堆积，憔悴凋落，已无人能共赏；何况还有那梧桐细雨，像是落不完的伤心泪，滴滴都敲碎了心。一个人守着窗，独坐黄昏，如无边的细雨，更添愁思。思绪翻腾，如江似海，一个愁字，又怎么能形容李清照的复杂心情呢？

这首词声声哽咽，哀怨重重。七对叠字是绝妙的总述，凉秋难眠、独酌淡酒、寒风骤起、归雁哀鸣、落花憔悴、梧桐细雨，都是李清照寻觅到的意象，可内心的悲苦让所有的一切都染上了凄凉。最后，李清照以一个"愁"字无法说尽，将整篇的"戚戚"囊括其中，仿佛"欲说还休"，实则已一泻千里，表露无遗了。

李清照是婉约词派的重要代表，是词史上首屈一指的女词人，也是中国文学史上最负盛名的女作家。她以女性笔触的独特魅力，真切地表达词作中的细腻情感；以杰出的才华和创造力，树"别是一家"的"易安"词风；更以传奇的人生经历，丰富了作品的内涵。由此，李清照在词的创作上，取得了不让须眉的成就，达到了极高的艺术境界。

✕ 南宋·佚名《桐荫庭院图》

PART 13

岳飞：壮怀激烈知音少，弦断心事有谁听

宋高宗绍兴四年（1134年），岳家军大破金兵，一举收复襄阳六郡。

这是南宋立朝以来第一次收复大片失地，也是南宋进行局部反攻的一次大

✕ 南宋·刘松年《中兴四将图·岳飞》

捷，朝野为之震动。宋高宗赵构当时正需要以战求和，于是晋升岳飞为节度使。岳飞才过而立之年，就成为宋朝最年轻的建节封侯之朝臣。

那是800多年前的江南，一个暮春时节的阴雨天，刚刚取得襄阳大捷的岳飞却无喜悦之情，独自一人凭栏远眺。此时此地，即使眼前渐渐停歇的骤雨，也没有浇灭他心头的愤怒。放眼望去：山河破碎；仰天长叹：靖康国耻还没洗雪，做臣子的亡国之恨何时才能泯灭？不由得壮怀激烈，挥毫写下了这首《满江红》：

怒发冲冠，凭栏处、潇潇雨歇。抬望眼、仰天长啸，壮怀激烈。三十功名尘与土，八千里路云和月。莫等闲、白了少年头，空悲切。

靖康耻，犹未雪。臣子恨，何时灭？驾长车，踏破贺兰山缺。壮志饥餐胡虏肉，笑谈渴饮匈奴血。待从头、收拾旧山河，朝天阙。

岳飞是南宋初年著名的抗金将领。他少年从军，行伍出身。也许是受宋代重文风气的影响，在他身上还颇具文人情怀。据《宋史·岳飞传》记载，岳飞"好贤礼士，览经史，雅歌投壶，恂恂如书生"。这说明岳飞身为武将却具有很好的文化修养。只因戎马倥偬，不可能像苏轼、辛弃疾那样，有更多的时间和精力去创作大量的文学作品。所以，终其一生仅留下几首诗词，但从中仍可看出其文学造诣很高，特别是这首《满江红》，"千载下读之，凛凛有生气焉！"不仅有很强的思想性，而且还有着激动人心的艺术感染力。

岳飞的《满江红》上承苏轼豪放风格，下启辛弃疾词派之先河。其"笑谈渴饮匈奴血"之句，充满着对强虏的蔑视和战之必胜的信心，使人联想起苏东坡《念奴娇·赤壁怀古》中的有名词句"谈笑间，樯橹灰飞烟灭"，进而发出青出于蓝而胜于蓝的感慨。纵观唐宋词，凡以《满江红》为词牌的作品，当数岳飞这首最为有名，南宋以降世代传诵，堪称豪放词中的千古佳作。

这首词，上阕侧重抒情，抒发了词人当此国家危难之时，渴望及时建功立业的豪情。一开头，岳飞就以"顿入"笔法劈面道出一腔愤怒，接着触景生情，感慨自领兵抗金以来，披星戴月，风云驰骋，转战八千里漫漫征程，而今虽已功名显赫，但这与收复中原的大业相比，还微不足道。抚今追昔，岳飞自勉人生切莫轻易虚度，不然从少年到白头，壮志未酬，就空剩下一地悲伤。

下阕则侧重述志，即表述"精忠报国"之志。直面国恨家仇，恨不得亲自驾驶战车冲破关山险阻，与敌决一死战。他有雄心壮志消灭外寇，更期待早日收复旧有山河，班师凯旋，朝见圣上，以报君恩。

全词声情激越，抒发了岳飞忠君报国的壮志豪情。只可惜，君恩易变。就在《满江红·怒发冲冠》写后的两三年，也就是绍兴六年至绍兴七年（1136–1137年）间，岳飞指挥岳家军连续收复黄河以南大片失地，正准备北上收复中原之际，宋高宗起用朝中主和派，准备与金人谈判议和，于是下令停止抗金，制止岳飞再与金人作战。眼看来之不易的大好形势就要付诸东流，岳飞忧心如焚，而作为臣子，又不能有违圣意，内心极度苦闷。

绍兴八年（1138年），宋金启动"议和"。

这年深秋的一个夜晚，三更时分，岳飞从梦中惊醒，再也无法入睡。他披衣起身，在素日宽敞威严的帅帐内，独自一人绕着帅位前的台阶久久徘徊。这里本应是击鼓升帐、点将发兵的地方，而今却成了壮志难酬的伤心之地。四周悄无声息，所有人都在沉睡，只有帅帐帘外的朦胧月光，与自己对影相随。

万般思绪，声声叹息，不知不觉间曙光熹微，挥之不去的昨夜惊梦，便化作了这首《小重山》：

昨夜寒蛩不住鸣，惊回千里梦，已三更。起来独自绕阶行，人悄悄，帘外月胧明。

白首为功名，旧山松竹老，阻归程。欲将心事付瑶琴。知音少，弦断有谁听？

词的上阕着重写景，并通过写景来寄托情感。起首句用"寒蛩"点明了深秋季节，而深秋之夜的蟋蟀不停鸣叫，催生着岳飞心中的隐忧和悲愤。"千里梦"暗示梦回千里之外的中原老家，说明岳飞在睡梦之中也没忘收复中原的大业。梦惊醒后，"独自"在阶前徘徊，写出了岳飞的孤独寂寞，心事无法向人诉说，可见苦闷之深。结拍以月光朦胧收束上片，寄托着岳飞抑郁复杂的心情。

下阕重在写现实，即收复中原受阻的事实，但极其曲折含蓄，用了比兴手法。首句直申努力收复中原的心志，继之以"旧山松竹老"喻中原父老在金人统治下盼归无望，皆已老去，暗示了中原沦陷时间之久。"阻归程"写回家之路受阻，暗示议和主张阻挠了收复中原进程的现实，又隐含了词人壮志难酬的痛苦。结拍化用伯牙与子期知音难觅的典故，非常含蓄地道出自己的抗金主张备受冷落的苦闷与无奈。

全词沉郁低回、抑扬曲折、情景交融，意境幽深。

相对于岳飞短暂的一生，我们可以把《满江红》看作是他正处于意气风发时期的早期作品，而《小重山》则是他经过数年征战、起起伏伏有所感悟后的晚期作品。

《满江红》多用赋体，直陈心志，豪放之极；而这首《小重山》则婉约有加，多用比兴，隐忧时事。二者风格迥异，有人为此还提出疑惑，其实这只是写作时间、背景不同使然，而立志收复中原的主题则是始终如一的。《满江红》中的"三十功名尘与土，八千里路云和月。莫等闲，白了少年头，空悲切"，不正是《小重山》中"白首为功名"最好的注脚吗？

PART 14

辛弃疾：灯火阑珊处，可怜白发生

辛弃疾生于宋高宗绍兴十年（1140年），山东历城(今山东济南)人。他出生时，北方沦陷于金人之手已有十三年。辛弃疾少时，常登高望远，指画汉家山河，又目睹汉人在金人统治下所受的屈辱与痛苦，因而立下了恢复中原、报国雪耻的志向。

辛弃疾文武双全，22岁时，率义军2000余人投奔当时由北方义军领袖耿京领导的抗金队伍。后耿京被叛徒所杀，辛弃疾愤然跃起，率领50名骑兵，直入有5万之众的金军大营，将叛徒生擒活捉，随后收拾兵马，连夜南渡归宋。然而，辛弃疾怀着一腔报国之心南归后，却一直不被重用；26岁上平戎之策，也不被采纳。

公元1168—1170年间，辛弃疾在建康任通判。这时他已南归七八年了，却被投闲置散，任了一介小官。眼前的现实与他当年南归的初衷相去甚远。因朝廷主和而自己效力无由，中原故土更是收复无日，辛弃疾成了流落江南的思乡游子，时时感到悲愤和压抑。建康是南宋长江下游的重要战略据点，在这里既有行宫留守，又有军马钱粮总领所。大官僚都聚集在此，一个做通判的人物便显得微不足道。在商洽军政大计时，无论是"官守"或"言责"来说，全都没有他的份儿。因此，这个闲散职务实际上只是参与大官们的游从宴会，酬答唱和，以及诸如此类的帮闲工作。

　　一个深秋的黄昏，辛弃疾摆脱应酬，独自一人登上建康城西临江而建的赏心亭，只见南国深秋的天空千里辽阔，浩浩江水流向遥远的天边，好一派秋意无限。极目遥望那柔媚起伏的远山，不由得引起他连绵的国恨乡愁。落日斜挂在楼头，有似当下衰颓的国势；一只离群的孤雁掠过斜阳飞去，留下阵阵悲声。此情此景，触动了他飘零的身世和孤寂的心情。原以为南渡归宋后可以一展自己的报复，没想到朝廷根本无意北伐收复中原，对有志之士也不重用，只得把一腔忠愤寄于笔端，写下了这首《水龙吟·登建康赏心亭》：

　　楚天千里清秋，水随天去秋无际。遥岑远目，献愁供恨，玉簪螺髻。落日楼头，断鸿声里，江南游子。把吴钩看了，栏杆拍遍，无人会，登临意。

　　休说鲈鱼堪脍，尽西风，季鹰归未？求田问舍，怕应羞见，刘郎才气。可惜流年，忧愁风雨，树犹如此！倩何人唤取，红巾翠袖，揾英雄泪？

　　全词就登临所见尽情挥发，由写景进而抒情，情景交融，将内心所感写得既含蓄而又淋漓尽致。

　　上阕开头以辽远的楚天与浩浩长江作背景，境界宏阔，触发了家国之恨和乡关之思。"落日楼头"以下，表现辛弃疾有如离群孤雁和被弃置的宝刀，难以抑制胸中的郁闷。

　　下阕用3个典故对4位历史人物进行褒贬，从而表明自己以天下为己任的抱负，尽管心中想念故乡，但不会像某些古之名士那样，在国势衰颓之时，为了贪图安逸而放弃职守，或者买房子置地逃避现实。当下最令人郁闷的是北伐无期，而年岁渐增，恐再闲置便无力为国效命疆场了，进而感伤自己满怀壮志，却虚度时光，老大无成，而世无知己，又得不到理解与同情，以致结句竟带出一笔英雄泪。此句虽出语极为沉痛悲愤，但整首词的基调还是慷慨激昂的，因为辛弃疾对朝廷还抱有希望，他还在等待北伐收复之日。正所谓"极言其潦倒，仍不减其壮怀也！"

就这样，在希望与等待中，又过了几年。到了淳熙元年（1174年），南宋孝宗赵昚启用第三个年号的第一年。淳熙这个新年号取"淳正光明"之义，所以这一年的元宵节就显得格外红火热闹。

入夜时分，满城花灯齐放，就像东风吹开千树繁花竞相绽放；腾空燃放的烟花就像满天繁星，随即又被东风吹落，飘洒如雨。前来观灯的游人车马拥堵街路，盛装美女结伴而来，欢声笑语间芳香四溢，还有那悠扬的凤箫声回荡在夜空。夜已深沉，明月渐渐西斜，而游人兴致不减，舞动着彩灯如鱼龙闹海，一夜笑语喧哗。

当此倾城狂欢之际，辛弃疾却显得落落寡合。因为他看到的是国势日衰。朝廷面对北边金人压境，不思进取，偏安江南一隅；满朝文武沉湎于歌舞享乐，以粉饰太平为能事。洞察时势的他忧劳国事，却无人理睬。而今置身于元宵夜的狂欢中，他倍感孤独，想在茫茫人海中寻见一位与他志趣相投的意中人，于是就写下了这首《青玉案·元夕》：

东风夜放花千树，更吹落，星如雨。宝马雕车香满路。凤箫声动，玉壶光转，一夜鱼龙舞。

蛾儿雪柳黄金缕，笑语盈盈暗香去。众里寻他千百度，蓦然回首，那人却在，灯火阑珊处。

这是一首别有寄托的词作。辛弃疾假借对一位孤高拔俗、不同于金翠脂粉的女子的寻求，含蓄地表达了自己在人生失意之时，不愿与世俗同流的孤高品格。

╳ 宋代上元夜景（明·汪氏《诗馀画谱》）

上阕极写元宵放灯、焰火辉煌、歌舞欢腾的热闹景象。下阕着意描写主人公苦苦寻觅意中人的曲折经历。茫茫人海，美女如云，千回万转，仍是踪影难觅。长夜将尽，失望之极，就在不经意回头怅望时，猛然眼前一亮，在那个灯火稀疏角落，分明看见了她！原来她站在那里冷落多时，还未归去，似有所待……这一瞬间让辛弃疾惊喜万分，他不再孤独，更以神来之笔将这一瞬间定格在"灯火阑珊处"，永志弗灭。

全词采用对比手法，先用大量笔墨渲染了元夕的热闹景象，最后突然把笔锋一转，以冷清作结，以热闹场景反衬"那人"的冷落孤高，形成了鲜明强烈的反差，而这位冷落孤高的女子，无疑就是辛弃疾自己的写照。

《青玉案·元夕》是婉约派的代表作之一，历来多有美评。其美轮美奂，就在于创造出了一种境界。近代国学大师王国维在《人间词话》中，将"众里寻他千百度，蓦然回首，那人却在，灯火阑珊处"比作古今成大事业、大学问者必须经过的最高境界。

淳熙七年（1180年），41岁的辛弃疾在江西任职时，打算在上饶建园林式的庄园，安置家人定居。来年春天，开工兴建带湖新居和庄园。他根据带湖四周的地形地势，亲自设计了"高处建舍，低处辟田"的庄园格局，并对家人说："人生在勤，当以力田为先。"因此，他把带湖庄园取名为"稼轩"，并以此自号"稼轩居士"，这便是辛弃疾中年过后别号"稼轩居士"的由来。同年十一月，由于受弹劾，官职被罢，新居正好落成，辛弃疾开始了他中年以后的闲居生活。此后20年间，他大部分时间都在乡下闲居。在山坡和水边踱步，与百姓聊一聊农桑收成之类的闲话，听听蛙声，再对着飞鸟游鱼自言自语一番……

淳熙十五年（1188年）冬天，有位叫陈亮的友人来访。陈亮小辛弃疾三岁，字同甫，是南宋的思想家、文学家，其人"才气超迈，喜谈兵事"，

╳ 宋·佚名《溪旁闲话图》

数次上书，极论时事，反对和议，力主抗金。当年辛弃疾已是朝廷命官，而陈亮还是一介书生，但这不妨碍他们因志同道合而成为好友。

当时，辛弃疾正染病在床。这天黄昏，雪后初晴，夕照辉映白雪皑皑的大地，辛弃疾扶栏远眺，一眼看见庄前驿道上骑马而来的陈亮，大喜过望，病痛消散，赶忙下楼策马相迎。两人在庄前石桥上久别重逢，感慨万端，互诉倾慕之情，然后索性并立在桥头，沐浴着雪后初晴的夕阳，纵谈国事，为江山残缺而痛心疾首。

辛弃疾和陈亮都属于在政治上受到南宋小朝廷排斥的人物，二人惺惺相惜，举杯痛饮，携手畅游，长歌相答，极论天下大事，聚首十日乃别，一时成为文坛佳话。

与友人别后，辛弃疾闲居家中，心情苦闷。这天夜晚，他独饮成醉，酩然间挑亮灯火，拔剑在手仔细观瞧，恍惚间觉得天已破晓，连绵的军营吹起嘹亮的号角。他青春焕发，吩咐将士们饱餐战饭，又令军中奏响边塞战歌激励斗志。在秋风猎猎的沙场，他点齐兵马，誓师出征。一时间骏马

✕ 清·任熊《人物册》

飞驰，冲向敌阵，弓弦雷鸣，万箭齐发……他一心想替君主完成收复中原的大业，自己也取得世代相传的美名。眼看就要功成名就，却一脚踩空，猛地醒来，原来这只是一场梦。

于是，辛弃疾将这场壮怀之梦化作一首壮词，寄予陈亮共勉。这便是《破阵子·为陈同甫赋壮词以寄之》：

醉里挑灯看剑，梦回吹角连营。八百里分麾下炙，五十弦翻塞外声，沙场秋点兵。

马作的卢飞快，弓如霹雳弦惊。了却君王天下事，赢得生前身后名。可怜白发生！

这首词基调雄壮高昂，不愧为"壮词"。但结句低回，又形成了强烈对比。

全词依谱式应在"沙场秋点兵"句分片，但此词结构与众不同，上下片语义连贯，过片不分，所以必须依内容来分析。依内容前九句为一意，末句另为一意。辛弃疾从开头起笔一连九句都在尽情挥写壮盛的军容、骁勇的将士、凌厉的进攻，仿佛胜利指日可待，然而，就在词的末句，突然一个顿挫，发出"可怜白发生"的叹息。

前九句都是想望之词，只有末句五字才是现实。现实是白发无情，壮志成空，并由此点出前面那一切都是徒然的梦想，感情从高峰猛地跌落下来。前九句写得酣恣淋漓，正是为了加重末句五字失望之情。从全词内容看，壮烈和悲凉、理想和现实、豪情与失望交织在一起，大起大落，形成强烈反差，读来波澜起伏，给人以极大的情感冲击，实为辛弃疾"沉郁顿挫"的典型之作。

"可怜白发生"饱含着多少难以诉说的郁闷、失落、酸楚和无奈，辛弃疾只能在醉里挑灯看剑，在梦中驰骋杀敌，在醒时发出叹息。为国家建功立业的渴望永远都萦绕在心中，然而却永远也不能实现。

光阴荏苒，一晃又十多年过去了。南宋宁宗开禧三年（1207年）秋，金兵进犯，朝廷紧急起用辛弃疾，令他速来赴任。但诏令到时，年老体衰的辛弃疾已病重卧床不起，只得上奏请辞，不久病逝，享年68岁。临终时还大呼"杀贼！杀贼！"。

PART 15

姜夔：暗香疏影扬州慢，托喻君国清雅词

　　姜夔（1154—1221年），字尧章，号白石道人，饶州鄱阳（今江西鄱阳县）人，南宋杰出词家。他少年孤贫，屡试不第，终生未仕，散处江湖，以清贫自守。他精通音律，能自度曲，其词格律严密、清刚淳雅，素以词境幽冷悲凉、空灵含蓄著称，于辛派豪放词之外别立一宗"清雅词"。其人品及才华颇得当时著名诗人词家杨万里、范成大、辛弃疾等人欣赏。杨万里对姜夔的词赞赏不止，与他结为忘年交，还把他推荐给另一著名诗人范成大。范成大曾官任参知政事（副宰相），当时已经告病回老家苏州休养，在读了姜夔的词后，也极为喜欢，认为姜夔高雅脱俗，翰墨人品酷肖魏晋人物。姜夔比辛弃疾小十几岁，二人大体上属同时代词人，虽词风迥异，各成一派，但互相欣赏，视为知己。

　　姜夔今存词80余首，题材多为咏物、恋情、记游、写景等，描写了自己漂泊的羁旅生活，抒发自己不得用世和情场失意的苦闷心情，以及超凡脱俗、飘然不群，有如孤云野鹤般的个性，词风清幽冷隽。

　　以前有人说姜夔缺少家国情怀，在南宋国势衰落的背景下，还在写那些清冷的词句，于国事无补。其实，姜夔在词中偶然也流露出对于时事的感慨。例如其代表作《暗香·旧时月色》《疏影·苔枝缀玉》，借咏叹梅花，

感时伤怀，有所寄托。尤其是《扬州慢·淮左名都》更是难得一见、具有现实内容之作，该词通过描述金兵洗劫后扬州的残破景象，表达出对南宋衰落局势的伤悼和对金兵暴行的憎恶。

自度《扬州慢》，以寄故国之思

南宋孝宗淳熙三年（1176年）冬，年仅二十余岁的姜夔开始了一次江南漫游。此行第一站是扬州，因为词人对这座位于淮河东岸、自唐以来就闻名于世的大都市慕名已久。冬至这天，姜夔行抵扬州，他在北门外名胜处竹西亭解鞍下马，稍作停留。古人重视冬至，每逢冬至这天，往来庆贺，热闹非凡，民间素有"冬至大如年"之说。

是日，夜雪初晴，姜夔满怀游兴，可他放眼望去，到处都长满了荠草和野麦，全不见昔日十里春风的繁华景象。入城后，姜夔发现城内更是一片萧条场景：池苑荒废，古木凋残，人烟稀少。原来，扬州城十多年前惨遭金兵劫掠，早已繁华不再，当地幸存者至今都不愿提起旧日战祸兵燹之痛。遥想唐朝诗人杜牧赞美扬州繁华的诗句"二十四桥明月夜，玉人何处教吹箫"，料他今日若重临此地，定也吟诵不出那深情缱绻的诗句了。眼下只有一弯冷月、一泓寒水与他曾徜徉过的二十四桥相伴，即使桥边的芍药花风姿依旧，那也不过是落寞无主，自开自谢罢了。这时，天色渐入黄昏，空虚的扬州城中响起了驻军凄厉的号角。姜夔闻声内心悲凉，感于故国之思，自度《扬州慢》曲调并填词，以寄怀抱：

淮左名都，竹西佳处，解鞍少驻初程。过春风十里，尽荠麦青青。自胡马窥江去后，废池乔木，犹厌言兵。渐黄昏、清角吹寒，都在空城。

杜郎俊赏，算而今、重到须惊。纵豆蔻词工，青楼梦好，难赋深情。二十四桥仍在，波心荡、冷月无声。念桥边红药，年年知为谁生。

在作年可考的姜夔词中，《扬州慢·淮左名都》是最早的一首。上阕写扬州荒凉残破的景象，下阕反用杜牧咏扬州的诗句抒写今日的萧条与冷落，今昔对比，感慨犹深。整首词清畅浑雅，悲凉藉甚，极显高格。词中"二十四桥仍在"四句颇受后人称道。

南宋王朝一贯施行屈膝投降政策，换取了偏安一隅的局面。而这表面上的歌舞承平，使得不少词人不问时事，只谈风月，专注于辞藻格律上的技巧。姜夔便是这样一位专事辞藻格律且较为优秀的词家，而这首《扬州慢》则是他极个别直面现实、抒发家国情怀的名作。当时，朝廷内外文恬武嬉，将收复大计置之度外，姜夔也曾因此而深致慨叹。词中"清角吹寒"二句，不仅场面凄凉，而且内含几多曲折隐恻：下有同仇敌忾之心，而上无抗金北伐之意。由此观之，这清冷的号角徒然吹响在劫后余生的空城晚照中。

雪中咏梅花，托喻君国之情

南宋光宗绍熙二年（1191年）冬，姜夔游访苏州，应邀到范成大隐居的石湖别墅作客。范成大喜爱梅花，特意买园种梅。这年除夕前的一天，

✕ 明·朱端《寻梅图轴》

江南飘雪，溪山一色，宾主踏雪寻梅，意兴益然。范成大向来宾征求歌咏梅花的词句，姜夔填《暗香》《疏影》二词。

旧时月色，算几番照我，梅边吹笛。唤起玉人，不管清寒与攀摘。何逊而今渐老，都忘却春风词笔。但怪得竹外疏花，香冷入瑶席。

江国，正寂寂。叹寄与路遥，夜雪初积。翠尊易泣，红萼无言耿相忆。长记曾携手处，千树压西湖寒碧。又片片、吹尽也，几时见得。

《暗香》起手四句写旧时豪情。月下吹笛均为烘托梅花而设，试想月下赏梅，梅边吹笛，何等境界，何等情致。因笛声而又唤起玉人摘梅，人面梅花相映，不管春寒，更显得伊人清高拔俗。"何逊"两句，忽转到如今衰老，正是跌宕顿挫，有一落千丈之势。何逊是南朝诗人，曾作《咏早梅》诗。姜夔在此以何逊自比，感叹自己人老才尽，既没有吹笛到天明的豪兴，又没有咏梅的才思，回忆当年，自不免有无穷感慨。但"怪得"两句再为之一转，感叹虽无咏梅才思，可是梅花冷香袭人，又引起姜夔的词兴，写下内心感受。下阕用南朝陆凯折梅寄人的诗意，叹雪深路遥，无从寄送，只得对着梅花红萼，想念旧人。"长记"四句结束，与起首相应，回忆当年在千树梅花下，携手吹笛的美好时光，一去不复，再也不可能有了。

苔枝缀玉，有翠禽小小，枝上同宿。客里相逢，篱角黄昏，无言自倚修竹。昭君不惯胡沙远，但暗忆、江南江北。想佩环、月夜归来，化作此花幽独。

犹记深宫旧事，那人正睡里，飞近蛾绿。莫似春风，不管盈盈，早与安排金屋。还教一片随波去，又却怨、玉龙哀曲。等恁时、重觅幽香，已入小窗横幅。

《疏影》起写梅之神形，"翠禽"句用隋代赵师雄遇梅仙的神异故事，写梅之神韵。"客里"句用杜甫《佳人》诗，写梅之孤高。"昭君"句化用杜甫咏王昭君诗句，写昭君魂魄在月夜化为幽独的梅花。下阕用南朝刘宋寿阳公主梅花点额的故事，回忆旧时深宫生活情形。"莫似"三句，希望春风不要把梅花吹落。"还教"两句一转，道出春风最终还是把梅花吹落，随波飘去，因此，闻《梅花落》古曲，就生发无限哀怨。"等恁时"两句，是点题之笔，梅花虽已落尽，但其虬枝疏影空留在小窗轻纱上，而梅花的幽香在宫中却不再寻觅得到了。

《暗香》《疏影》这两首咏梅词，前者其实是在怀人，感叹今昔，托喻君国，词笔精警而又宛转曲折；后者多涉宫廷事，通篇化用古时梅花故事和古人咏梅花的诗句，运气空灵，实则含有寄托：词中昭君，显然暗寓徽、钦二帝被虏北行之悲。"又却怨、玉龙哀曲"句中，玉龙喻笛。玉龙哀曲，代指笛曲《梅花落》，暗寓词人闻听《梅花落》笛曲，就想到二帝历经千里关山之痛。于是，清代词人张惠言以为"《暗香》《疏影》以二帝之情愤发之"。这并非牵强附会，只不过姜词情感讲究孤云野飞、去留无迹的意趣，所述内容往往无所定指，故致使二词主题千余年来尚无定论。

《暗香》《疏影》是姜夔年近不惑之时写下的代表作，无论后人如何解析主题，其写作水平之高历来被誉为咏梅之绝唱，论者对其推崇备至。南宋词人张炎在所著《词源》中说："词之赋梅，惟姜白石《暗香》《疏影》二曲，前无古人，后无来者，自立新意，真为绝唱。"这两首词极显姜词"幽韵冷香""清空骚雅"的特色，咏物而不滞于物，词旨遥深，情思绵邈，读来令人回味无穷。

姜词清空高洁，极富想象，语言灵动自然，有很高的艺术成就。姜夔写情状物不是正面直接刻画，而是侧面着笔，虚处传神。他常以古人诗句入词，主张含蓄、寄托，以至往往过于含蓄而使词意晦涩难懂。

在题材上，姜词沿着北宋末年格律派始祖周邦彦的路径写恋情和咏物，其主要贡献在于对传统婉约词的表现艺术进行改造，形成了一种清幽冷峻的抒写意境。他将词的音律、创作风格和审美理想纳入一定的法度之中，创立了"清雅词"，自成一派。

PART 16

文天祥：为臣死忠，丹心难灭

　　文天祥，南宋末年政治家、文学家，抗元名臣，民族英雄，1236年生于吉州庐陵（今江西省吉安市青原区富田镇）。孩提时，看见学宫中所祭本乡前辈欧阳修、杨邦乂、胡铨的画像，谥号皆为"忠"字，文天祥羡慕不已，立下幼志："如果不成为其中一员，就不是真正男儿。"待长大成人，文天祥出挑得相貌堂堂，身材魁伟，皮肤白皙如玉，眉清目秀，观物炯炯有神。文天祥20岁即考取进士，又在殿试中以"法天地之不息"为题，陈谏革新政治、改善民生、加强国防。洋洋一万多言，一气呵成。宋理宗阅后，亲拔为第一。主考官上奏说："这个试卷以古代的事情作为借鉴，忠心肝胆好似铁石，我以为能得到这样的人才可喜可贺。"宣榜之日，文天祥中第一甲第一名进士及第，理宗见状元名，乃喜，赞曰"此天之祥，乃宋之瑞也！"

　　宋恭帝德祐元年（1275年），元军沿长江东下，沿岸诸州及驻军望风而降，京师临安告急，宋廷诏令天下兵马勤王。文天祥时在赣州知州任上，他捧着诏书流涕哭泣，用家财作为军资，招募士卒勤王，各路英雄豪杰群起响应，聚集兵众万人。朝廷得知，命文天祥率军入卫京师。

　　文天祥的朋友制止他说："现在元军分三路南下进攻，攻破京城市郊，进迫内地，你以乌合之众万余人赴京入卫，这与驱赶群羊同猛虎相斗没有什么差别。"文天祥道："吾亦知其然也。第国家养育臣庶三百余年，一旦有急，征天下兵，无一人一骑入关者，吾深恨于此，故不自量力，而以身徇之，庶天下忠臣义士将有闻风而起者。义胜者谋立，人众者功济，如此则社稷犹可保也。"（《宋史》卷418《文天祥传》）。

文天祥起兵勤王之时，国事已不可收拾，但他还是竭尽全力扶持幼主，抵抗强敌，救亡图存，欲以一木而支撑大厦于将倾。抵达临安后，他临危受命，以右丞相之职出使元营谈判，据理力争，因面斥元丞相伯颜而被拘留，后于押解途中逃脱南归，继续组织军民抗击元军。

宋赵昺祥兴元年（1278年）十一月，文天祥驻兵潮州潮阳（今属广东）。在潮阳东郊的东山山麓，建有两座纪念唐代张巡和许远两位爱国将领的庙宇。唐安史之乱时，张巡、许远在睢阳（今河南商丘）死拒叛军，被俘后宁死不屈，英勇就义。文天祥敬仰张、许二人，特意在军务之余前来拜谒张许二公庙。他本人与二公意气相通，均知大势已去，却仍坚持救亡图存。

这是一个冬日的黄昏，夕阳西下，在枯木的掩映中，古庙光线幽暗深沉。文天祥瞻仰二公塑像，虽年久失修却仍显庄严典雅，不改昔日容貌；环顾四周，残破凄凉，人迹罕见，只有乌鸦翔集悲号。文天祥抚今思昔，既为二公不屈气节所感，又叹息天下之士若不明忠义，不顾气节，则何以救亡图存？于是作《沁园春·题潮阳张许二公庙》一词，以明为国尽忠情怀：

为子死孝，为臣死忠，死又何妨。自光岳气分，士无全节；君臣义缺，谁负刚肠。骂贼张巡，爱君许远，留取声名万古香。后来者，无二公之操，百炼之钢。

✕ 明·盛茂烨《烟寺晚钟图页》

人生翕歘云亡。好烈烈轰轰做一场。使当时卖国，甘心降虏，受人唾骂，安得流芳。古庙幽沉，仪容俨雅，枯木寒鸦几夕阳。邮亭下，有奸雄过此，仔细思量。

这是一首吊古寓今，借咏史来抒发爱国情怀的激昂词篇。词中通过咏史，表达了文天祥在南宋亡国前夕力挽狂澜、视死如归的尽忠情怀。上阕直抒胸臆，气势磅礴；下阕转而论道，鞭辟入里。

上阕一开头便立下了生死标准：为人子、为人臣者，若为尽忠君王、尽孝父母而死，则死而无憾，没有什么可怕的。词人开篇从容论死，达观凛然，让人直觉有一股浩然正气迎面而来。这两句中的"为臣死忠"是重点，也最终成了文天祥一生慷慨凛然的注脚。"自光岳气分"七句追叙历史往事，赞颂张、许二人的崇高气节。自从安史之乱起，叛军所向披靡，多地将领纷纷弃城投降。只有大骂逆贼的张公、忠君报国的许公威武不屈，终得流芳千古，令人敬仰。"后来者"三句言张、许二公彪炳青史，为后世做出了榜样，但后来人却鲜有继其志者，其矛头直指本朝蝇营狗苟之辈。当宋亡之际，叛国投降者多如过江之鲫。与之相比，作者自负有二公节操，"为臣死忠"之心有如百炼之钢，坚定不移。

下阕"人生翕歘云亡"两句是讲人生短暂，转瞬即逝，大丈夫应当轰轰烈烈干出一番事业，才不枉来一世，这与文天祥"人生自古谁无死，留取丹心照汗青"的人生信念完全契合。"使当时卖国"四句由上片的赞颂又退一步设想，反说二公，论忠论奸，确立标准，以警醒当朝的卑躬屈膝之徒。"古庙幽沉"三句描写古庙的具体情景，使得这首以议论为主、直抒胸臆的词，也颇有意境。"古庙幽沉"和"枯木寒鸦几夕阳"均是写古庙幽深，年久失修，可塑像却"仪容俨雅"，不改昔日面貌，这是作者对所崇拜的偶像的主观感受，透露出庙宇虽荒凉，但张、许二公之精神将永存之意；接着又以枯木、寒鸦、夕阳等意象来渲染张、许二公庙宇的残破凄凉，借以说明来庙朝拜者的稀少，暗示当代人对张、许二人的死节精神已渐渐淡忘了。结尾三句则正告卖国求荣者三思而后行，不要泯灭良知。

综观全词，用议论和抒情相结合的表现手法，以儒家尽忠尽孝的伦理道德为旨归，盛赞张巡和许远的忠贞气节和高尚品德，又以忠义自励，浩然正气，凛然纸上。

为了江山社稷，文天祥在国家危急存亡之秋，不屈不挠，坚定前行。只可惜苍天不助英雄力，就在慷慨赋词的一个月后，文天祥在五坡岭兵败被俘，随即被押往两军阵前，目睹了崖山之役惨败和南宋小朝廷最终灭亡的惨状，他肝肠寸断，可又无力回天。在被押解大都、途经金陵时，于驿中文天祥写了一首酬答友人的词《酹江月·乾坤能大》：

乾坤能大，算蛟龙、元不是池中物。风雨牢愁无着处，那更寒蛩四壁。横槊题诗，登楼作赋，万事空中雪。江流如此，方来还有英杰。

堪笑一叶飘零，重来淮水，正凉风新发。镜里朱颜都变尽，只有丹心难灭。去去龙沙，江山回首，一线青如发。故人应念，杜鹃枝上残月。

这是一首骨风遒劲的唱和之作。词中描写了文天祥的囚徒生活以及由此而产生的感慨。他不但自己宁死不屈，而且深信后继有人。这首词充分表现出文天祥对故国的耿耿忠心。高尚的民族气节，凛然可见。

上阕起首"乾坤能大"四句，以蛟龙暂屈池中、终当飞腾为喻，"风雨""寒蛩"进一步烘托囚徒生活的凄苦，表示虽遭囚禁而犹志向远大。"横槊题诗"三句，追念昔日转战东南的戎马生活，痛惜抗元战斗归于失败。"江流如此"二句，则寄希望于将来，坚信复兴大业后继有人，悲苦之中透出一线光明。

下阕，换头之句承上，文天祥意识到宋朝大势已去，已无力回天。"镜里朱颜"二句，示此心此志至死不渝。"去去龙沙"三句，言人渐北去，心终南向，以致频频回首，对故国江山无限留恋顾念。最后两句表白，即使以身殉国，也要魂归故里。生前斗争不息，死后犹眷怀故国。

全词直抒胸臆，苍凉悲壮，国虽亡而正气犹存，身将死而丹心不灭，没有丝毫萎靡之色。全词的中心在于"镜里朱颜都变尽，只有丹心难灭"，

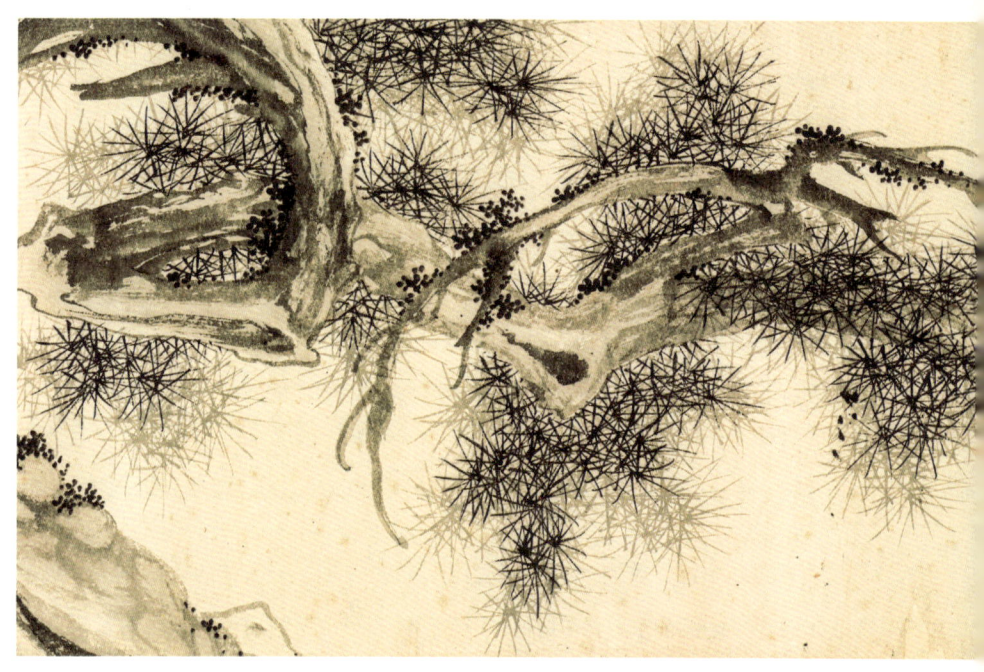

✕ 明·文徵明《古松图》（局部）

这与"人生自古谁无死，留取丹心照汗青"同义，都是光照千古的名句。

文天祥被押至元大都囚禁达三年，其间屡经威逼利诱，但誓死不屈，以至敌方"相顾动色，称为丈夫"。就在行刑那天，监斩官问他："丞相还有什么话要说？回奏还能免死。"文天祥喝道："死就死，还有什么可说的！"他又问监斩官："哪边是南方？"有人给他指了方向，文天祥向南方跪拜，说："吾事毕矣！"随后从容就义，终年47岁。

文天祥儒而知兵、才兼文武，为复兴故国历尽艰辛，虽九死其犹未悔，代表着整个中华民族的精神与人格，是全民族永不磨灭的光荣与骄傲。他的词虽留存不多，却是用生命和血泪写就的，不仅思想性强，而且

艺术性也很高，更以"为臣死忠"、"丹心难灭"的凛然正气，为宋词谱写下高唱入云的尾声，是当之无愧的300年宋词收山之作。

"诗言志，词言情"是中国文化的正统，诗词在唐宋文人的生活中有着举足轻重的地位，渗透于生活的方方面面，成为其文化身份的独特标识。诗词大家笔下的唐诗宋词，记录着历史的沧桑，勾画着时代的风情，也传递着自我标榜的文人情怀，诸如济世情怀、家国情怀、忧患情怀，还有山水情怀、隐逸情怀，乃至伤春、悲秋、感遇……在漫长的历史岁月中，这些文人情怀往往独树一帜，世代传承，成为后代文人广为效仿的典范。

第四章

诗词至美在情怀

由唐诗宋词谈开去

中国诗歌源远流长，始于文采之美，终于家国情怀。从《诗经》到楚辞、乐府，再到唐诗、宋词，一路走来，几乎与中华文明史相生相伴。

《诗经》无邪之美，《楚辞》洁廉之美，乐府叙事之美，唐诗宋词意境之美令人喜读，并由此广为传诵；而其字里行间的家国情怀，更是中国最优秀的传统文化和最伟大的民族精神的生动体现，读来为之动容，故而世代传扬。

唐诗宋词　韵律之美与文人情怀

PART 01
三千年诗歌，源远者流长

　　中国的诗歌是我们勤劳智慧的先民在日常劳作、歌舞中逐渐形成和发展起来的，是中国文学史上最早出现的文学体裁。

　　《诗经》是中国第一部诗歌总集，是我国文学现实主义传统的源头，成书于距今2500多年前的春秋时期，收集了西周初年至春秋中叶（前11世纪至前6世纪）的诗歌，共计300余篇，其中收录最早的诗歌距今已有3000多年。

╳　南宋·马和之 《小雅鹿鸣之什图》（局部）

在公元前4世纪，距今2300多年前的战国时期，位于南方的楚国以其自身独特的文化基础，加上北方文化的影响，孕育出了伟大的诗人屈原。屈原写下许多不朽诗篇，在楚国民歌的基础上创造了新的诗歌体裁——楚辞。楚辞发展了诗歌的形式，打破了《诗经》的四言形式，发展为五言、七言。在创作方法上，楚辞吸收了神话传说的浪漫主义精神，成为中国古代浪漫主义诗歌的奠基者，为中国浪漫主义文学开辟了创作道路，在中国文学史上独树一帜。以屈原作品中最著名的篇章《离骚》为代表的《楚辞》与《诗经》中的《国风》并称为"风骚"二体，对后世诗歌产生了深远影响。

继《诗经》《楚辞》之后，诗歌在汉代又出现了一种新的诗体——汉乐府诗。乐府初设于秦，是当时专门管理乐舞演唱教习的机构，西汉武帝时期正式成立。其职责是采集民间歌谣或文人的诗配上音乐，以备朝廷祭祀或宴会时演奏之用。乐府所搜集整理的诗歌后世就叫作"乐府诗"，或简称"乐府"。乐府诗流传至今共有100多首，其中很多是用五言形式写成的，后经文人的有意模仿，在魏、晋时代成为主要的诗歌形式。

三国时期以建安文学为代表的诗歌作品，继承汉乐府诗的现实主义传统，并普遍采用五言形式，第一次掀起了文人诗歌的高潮，为此后格律更严谨的近体诗奠定了基础。他们的诗作表现了时代精神，具有慷慨悲凉的阳刚气派，形成了被后世称作"建安风骨"的独特风格。

两晋时期的诗歌创作逐渐走上形式主义道路，虽有左思的借古讽今、思想性很强的咏史诗，以及陶渊明的田园诗和谢灵运的山水诗，但总体来看，诗歌内容空泛。

南北朝时期是中国诗歌史上的又一发展时期，这表现在又一批乐府民歌的涌现。南朝乐府多为"情歌""艳曲"，北朝乐府则是名副其实的"军乐""战歌"。北朝乐府最有名的是长篇叙事诗《木兰诗》，其与《孔雀东南飞》并称为中国诗歌史上的"双璧"。

诗歌发展到唐代，迎来了繁荣鼎盛的时代。唐代是我国古典诗歌发展的全盛时期。

到宋代，诗这种文学形式已不似唐代那般辉煌灿烂，但源于唐代的词却在宋代达到鼎盛。

元代散曲流行，诗词乃退居其后。

明代诗歌是在拟古与反拟古的反反复复中前行的，少有杰出的作品和诗人出现。

清代诗词流派众多，但大多数作家均未摆脱拟古主义和形式主义窠臼，难有超出前人之处。清中后期的龚自珍以其先进的思想，打破了清中叶以来诗坛的沉寂，使诗成为现实社会的批判工具，领近代文学史风气之先。

可以说，中国古代诗歌大致的发展顺序为：诗经、楚辞、乐府、唐诗、宋词、元曲。

清末出现了现代诗。现代诗是诗歌的一种，与古典诗歌相比，形式自由，一般不拘格式和韵律。现代诗的主流是自由体新诗。自由体新诗是"五四"新文化运动的产物，形式上采用白话，打破了旧体诗的格律束缚，内容上主要是反映新生活，表现新思想。现代诗用白话写成，且较少用典，字面上较旧体诗更容易把握。

现代诗的开拓者是胡适、刘半农等。最重要的流派有新月派、九叶派、朦胧派等。代表作有郭沫若的《女神》、闻一多的《红烛》、徐志摩的《再别康桥》、戴望舒的《雨巷》、北岛的《回答》、舒婷的《致橡树》等。

现代诗流派纷呈、风格各异、诗人众多，但经典寥若晨星。

PART 02

言文行远，蔚然深秀

　　孔子说过："言之无文，行而不远"。意思是讲：说话没有文采，就传播不远。中国诗歌之所以流传数千年，几乎与中华文明史相生相伴，关键就在于写得很美。一部中国文学史一如万里锦绣江山、群峰竞秀，《诗经》的真情无邪之美，《楚辞》的志洁行廉之美，乐府民歌的叙事之美，皆历历在目，而望之蔚然深秀、林壑尤美者，无疑是唐诗宋词。

　　唐诗宋词在文学史上，均属登峰造极之作，无论浪漫与现实，还是婉约与豪放，都是作者丰富的情感体验，渗透着诗人和词家崇高的审美理想和新颖的审美情趣。唐诗宋词之美，美在意境、美在语言、美在含蓄、美

✕　南宋·佚名《溪山春晓图》

在音韵。细细品读，叹为观止。

诗词是抒情的产物，其最重要的特质就在于它具有兴发感动的作用，而这种感发主要通过营造意境来体现。意境是文学作品所描绘的"景"（生活场景或自然景物），与作者本人的"情"（思想感情）融合一致而形成的一种艺术境界。

情与景，情是主要的，是诗词的生命；景是手段，景离开情就失去生命。情通过景得以表现，写景以抒情，两者结合就是意境。意境美，是诗词的灵魂。唐诗宋词的魅力，首先体现在它的意境美上。

如陈子昂的《登幽州台歌》："前不见古人，后不见来者。念天地之悠悠，独怆然而涕下。"全诗直抒胸臆，一气呵成，动人心魄，尽管诗人没有描写具体的人、事、景物，然而一个登高望远、仕途失意、满怀悲愤的文人形象跃然纸上。再联系诗题《登幽州台歌》，苍茫的大地、悠悠的天空、高耸的幽州台，清晰可见。人景相融，无不显示着古典诗词的意境美。

又如王之涣的五言绝句《登鹳雀楼》。诗人登高望远，即景述怀，直抒胸臆，开头二句"白日依山尽，黄河入海流"是即景，气象宏伟，境界阔大；末尾二句"欲穷千里目，更上一层楼"是抒怀，诗人用富有哲理性的

诗句直抒胸臆：只要坚持不懈、努力向上，就能站得更高、看得更远。全诗情景交融，蕴含哲理，营造出一种别有意味的美感。

宋词也重视意境美。比如苏轼，尤其强调艺术创造性，把诗文革新运动扩展到了词的领域。他的词冲破了晚唐五代以来专写男女恋情、离愁别绪的老套子，扩大了词的题材，提高了词的意境。如《江城子·密州出猎》，通过写他射猎的情景，激发出了为国立功的壮志。特别是他的代表作《念奴娇·赤壁怀古》《水调歌头·明月几时有》二词，前者描写了赤壁战场的雄奇景象，勾画了周瑜的英雄形象，希望自己能像"千古风流人物"一样为国建功立业；后者，则抒写了自己从幻想琼楼玉宇转向现实的心理，一句"但愿人长久，千里共婵娟"，表达了苏轼对人间的寄予和热爱，以及对理想的追求。两首佳词的意境传神之美，可谓高格。

语言是文学第一要素。诗词是语言的艺术，语言美是诗词审美特征的一个重要方面。古人讲求"言文行远"，其实就是在强调语言美的重要性。唐诗宋词的语言美体现在通过修辞、炼句、炼字等艺术手段增强诗词艺术感染力上。

唐诗宋词语言的特点是形象、准确、精炼。尽管诗词作者对辞藻风格的追求有自然天成与华丽雕饰之分，但都能力求做到准确、形象，以精炼的笔墨展现最丰富的内容。他们反复推敲每个词汇的作用，力求使用最为精当而具有表现力的语言，来突出所描写对象的本质特性，将其传神地展现在读者面前，给人留下深刻印象。

如杜牧《江南春》中的"千里莺啼绿映红"，形象地概括了千里江南一片春光明媚、生机盎然的景象，有鸟语清脆婉转之愉悦，有绿树红花掩映生辉之美感，在浅近清新的文辞中，蕴藉隽永清丽，让人们领略到风华掩映之美。

✕ 南宋·马远《举杯邀月图》

又如李白《月下独酌》"花间一壶酒，独酌无相亲；举杯邀明月，对影成三人"，一个"独"字，准确地道出了作者因政治失意而产生的孤独寂寞之情。再如白居易的名作《卖炭翁》，"可怜身上衣正单，心忧炭贱愿天寒"，逼真地刻画出了贫苦卖炭老翁的内心活动。杜甫的名作《自京赴奉先县咏怀五百字》中，他只用了20个字"彤庭所分帛，本自寒女出；鞭挞其夫家，聚敛贡城阙"，就形象鲜明地写出了当时社会中阶级剥削的现象。

宋词的包容性更强，语言艺术也各具特色，有的具有民歌的朴实无华，有的具有严肃诗歌的别致典雅。苏轼的《江城子·乙卯正月二十日夜记梦》中的"十年生死两茫茫。不思量，自难忘……"，用精练的语言，将其对亡妻的思念之情毫无保留地表达出来，被后人称为千古绝唱。又如晏殊的《踏莎行·小径红稀》中"翠叶藏莺，朱帘隔燕，炉香静逐游丝转。一场愁梦酒醒时，斜阳却照深深院。"词中之句既有"朱帘""炉香""深院"等通俗易懂的口语，也有"藏莺""隔燕"等不失沉静优雅的景象描写，晏殊通过语言上的雅俗结合，创作出了生动形象、质朴亲民却又不失典雅蕴藉的词作。

诗词贵在含蓄。唐诗宋词是精练的语言艺术，它较之其他文学门类艺术更简洁、凝缩、含蕴、富于概括力。唐诗宋词的字数句数都是有限的，所以诗人词家在创作时必须以小见大，以少见多，短中见长，浅中含深，以最少的语言表现丰富的思想感情。而从欣赏的角度看，诗词的含蓄美具有言简意丰、言近旨远的作用，更能启迪读者展开积极的想象和联想，激起读者的欣赏情趣，使人玩味无穷，产生"一唱三叹"的审美效果，因而含蓄也是古典诗歌的审美特征之一。例如，李白的名作《梦游天姥吟留别》和杜甫的名作《茅屋为秋风所破歌》就是用了结句凝练含蓄法。

《梦游天姥吟留别》是李白的一首记梦诗，也是一首游仙诗，作于诗人在长安受权贵排挤、被放出京之后。李白运用丰富奇特的想象和大胆夸张的手法，组成一幅亦虚亦实、亦幻亦真的梦游图。当诗的末尾仙境倏忽消失，梦境旋即破灭，李白终于在惊悸中返回现实之际，本来诗意到此似乎已尽，可是最后李白却愤愤然加添了两句天外飞来之笔："安能摧眉折腰事权贵，使我不得开心颜！"用结句凝练含蓄法，一吐三年长安生活的郁闷之气，并点亮了全诗的主题。

《茅屋为秋风所破歌》是杜甫叙述自家茅屋被秋风所破，以致全家遭

※　明·吕文英《江村风雨图》

大雨淋灌的痛苦经历。全篇可分为四段，前三段分别写面对狂风破屋的焦虑、面对群童抱茅的无奈和遭受夜雨的痛苦，第四段写期盼广厦庇护，将苦难加以升华。前三段是写实式的叙事，诉说自家之苦，情绪含蓄压抑，最后一段"安得广厦千万间，大庇天下寒士俱欢颜，风雨不动安如山"是理想的升华，直抒忧民之情，情绪激越轩昂。前三段的层层铺叙，为最后一段的抒情奠定了坚实的基础，如此运用结句凝练含蓄法，完美体现了杜诗"沉郁顿挫"的风格。

　　在宋词中，李清照的《醉花阴》（又名九日小令）是她于重阳节写给长期在外做官的夫君赵明诚的。这首词通过一个妇人对自己内心世界的揭示，委婉而含蓄地表达了词人闺中生活的寂寞和与丈夫的离别之情，从古至今，广为流传。其原因就是李清照巧妙地运用了比喻与整体形象的紧密结合，以及烘云托月的手法。全篇不见一个"菊"字，却处处有菊：菊香、菊色、菊情态，以菊喻人，巧妙运用反问，设局旁侧含蓄法，加深了离情别绪情调。

唐诗宋词的音乐性在文学作品中表现得十分强烈。音调和谐、节奏鲜明，就读得流畅、听得明白。正所谓"诵之行云流水，听之金声振玉。"因此，诗词最注重音韵美。诗词的节奏是适应舞蹈和吟唱需要而形成的，它是人的生理节奏和生活、自然节奏的统一，人的情感的起伏、波动和生活节奏的张弛决定了诗词的节奏。一首诗词的内容情绪，如果配合节奏，会有声情并茂的艺术效果。

李清照的《声声慢》连用七对叠字，"寻寻觅觅，冷冷清清，凄凄惨惨戚戚"，更是千古绝唱。它把诗词的音乐性与李清照的内在情感相融合，恰到好处地表现了她内在情感的流动。这首词之所以受到人们的喜爱，不仅因为它有着动人的节奏和旋律，更重要的是，这优美的节奏和旋律恰当而充分地表现了李清照孤独、空虚、悲苦、凄凉的精神状态。"寻寻觅觅"写李清照的心情寂寞，似有所失，茫然寻觅精神慰藉的心理情态。而寻觅的结果呢？依然是室空无人，一片冷清。"凄凄惨惨戚戚"进一步写李清照的忧愁悲伤。因此，从词的外形来看，叠字的运用增强了作品的音乐效果，而从辞章所表现的情感内容来看，这短促而抑郁的声调传达的正是作者凄凉悲苦的心绪，令人回味悠长。

另外，唐宋诗词在形式上有不少很好的传统手法，如押韵、平仄、对仗，就是要求文学语言要有音乐性。如李白的名作《梦游天姥吟留别》中，为了使语言的声调与景物的特点相协调，"半壁见海日"一句五字全用仄声，以显虚声，使人读句有高危之感，产生心旷神怡的幻觉。

在中国数千年诗歌长河中，唐诗宋词蕴含着千姿百态、异彩纷呈的美，我们既要通过基本美学特征的分析方法去体味其中的美，也要回归到其最本质的思想性和作者的情怀中去。因为，在鉴赏美、感知美的过程中，时常让我们怦然心动、深受教育的，往往还是诗歌的思想性，或者说是作者的文人情怀。

PART 03
诗词情怀，总系家与国

　　距今2800多年前的周朝，一个大雪纷飞的冬季，一支讨伐外侮、得胜凯旋的王师，正跋涉于积雪泥泞的归途。在队列中，行走着一位随军出征的诗人，他触景生情，留下了这样的诗句：

昔我往矣，黍稷方华；

今我来思，雨雪载途。

✕ 宋·马和之《诗经·小雅·出车》（局部）

王事多难，不遑启居。

岂不怀归？畏此简书！

　　在诗中，诗人发出这样的感慨：先前我从军出发之时，正当家乡禾苗抽穗的夏初；而今凯旋，大雪已落满了归途。国家多难，我没有时间在家安坐休息。难道我不想回家吗？只是生怕有负天子的诏命啊！这是出自《诗经·小雅·出车》的诗句，诗人抓住了凯旋这一关键场景，通过今昔景物对比，从初夏的"黍稷方华"到隆冬时节的"雨雪载途"，使人想见战事的漫长与艰苦，同时也映带出诗人内心深处的家国情怀。

　　距今2300多年前的楚国。这天清晨，太阳从东方冉冉升起，照得大地一片灿烂。诗人屈原策马走向楚国的边界。他因提倡"美政"，主张修明法度而遭到没落贵族的排挤与诽谤，后又被国君疏远。他为此失望苦闷，多方问卜神巫，神巫或劝他去国远游，或劝他暂留楚国以待明君。经历了内心的无数煎熬，屈原决定离开楚国，选择"吉日"，远走他乡。在当时，凭着屈原的才能，投奔别国也许会成为卿相高官。

　　就在屈原即将离开楚国的那一刻，他回望故国，身边的仆从悲从中来，就连胯下的坐骑也似乎有所怀念，退缩回头不肯向前走了。于是，这次充满憧憬的远行终因"眷顾楚国"而就此决然中途放弃了。这番情景就是中国古代最长的抒情诗《离骚》在结尾处所描写的：

陟升皇之赫戏兮，忽临睨夫旧乡。

仆夫悲余马怀兮，蜷局顾而不行。

　　然而，不舍离别故国，就要忍见小人得志、国势日衰，屈原万念俱灰，结果只能选择"以死殉国"。于是就有了《离骚》何其悲怆的尾声：

已矣哉！国无人莫我知兮，又何怀乎故都？既莫足与为美政兮，吾将从彭咸之所居！

"算了吧！国内既然没有人理解我，我又何必怀念故国呢？既然不能实现理想政治，那么我将追随先贤归去吧！"

这就是身心被创的诗人至死仍痴心不改的家国情怀，唯其如此，千年易过，屈原至今仍被称为伟大的爱国主义诗人。

两汉乐府诗都是创作者有感而发，进而道出了那个时代的苦乐爱恨。《十五从军征》这首汉乐府诗就是以沉重的语调，道出了主人公"十五从军征""八十始得归"，大半生在外征战之苦。汉代从武帝开始，就频繁地发动战争，大量征调行役戍卒，造成大批百姓家毁人亡。《十五从军征》的主人公行役时间之久令人唏嘘，而当他年老回乡时，看到家中早已是

"松柏冢累累"的惨象，抱恨不已，结句"出门东向望，泪落沾我衣"，尽显其悲怆的家国情怀。

到三国时期，曹魏文学家曹植所创作的乐府辞《白马篇》，却以飞动雄放的笔调"白马饰金羁，连翩西北驰""仰手接飞猱，俯身散马蹄"，塑造了一个武功高超的壮士游侠形象。诗中"父母且不顾，何言子与妻""捐躯赴国难，视死忽如归"各句，展现了国难当前，奋不顾身、舍家为国的爱国情怀。

南北朝时期，北朝的一首乐府民歌《木兰诗》更是讲述了一个巾帼不让须眉的故事：有个叫木兰的少女，女扮男装，替父从军，在战场上建立功勋，凯旋回朝后不愿做官，只求回家团聚，热情赞扬了这位女子勇敢善良、保家卫国的家国情怀。

╳ 清·赫达资《木兰》

"家国情怀"是中国最优秀的传统文化，也是中华民族最伟大的民族精神。它体现在对故土的至深热爱和对天下苍生的朴素情感上；体现在由家及国的深情大义和个人报效祖国的宽广胸怀间。从古至今，我们都能感受到这种情怀的精神力量，尤其是在国家有事、民族存亡之时，则表现得愈加炽烈。就唐诗宋词而论，家国情怀更集中地体现在唐代边塞诗和宋朝的爱国词中。

　　唐朝，尤其是初、盛唐时期，经济繁荣，对外战争频繁。广大中下层知识分子奔走边塞，渴望建功立业，大量的边塞诗就在这样的条件下产生了。由于唐朝国力强盛，唐朝的边塞诗大部分都流露出英雄豪迈的爱国气概。如王昌龄的《从军行》："黄沙百战穿金甲，不破楼兰终不还。"抒发了战士誓死报国的壮志豪情。岑参的《走马川行奉送出师西征》："君不见走

✕　五代十国·赵喦《八达春游图》

马川行雪海边，平沙莽莽黄入天。轮台九月风夜吼，一川碎石大如斗，随风满地石乱走。""将军金甲夜不脱，半夜军行戈相拨，风头如刀面如割。马毛带雪汗气蒸，五花连钱旋作冰，幕中草檄砚水凝。"描绘了军队在莽莽沙海、风吼冰冻的夜晚进军的情景。环境虽然恶劣，但将士们却充满着高昂的战斗气志，表现了将士们为国征战的无畏气概。

有唐一代，各种思想文化兼容并蓄，佛道二教盛行，对文人最直接的影响便是出世思想的弥漫。这在文学中表现为高蹈离尘、隐逸山林的吟咏，或对神仙生活的企羡与向往。在初唐、盛唐时期，这种思想与诗中多见的慷慨激昂之声经常并行不悖，正如李白一方面在诗中书写"但用东山谢安石，为君谈笑静胡沙"的雄心与抱负；另一方面又吟唱"且放白鹿青崖间，须行即骑访名山"的洒脱出尘之志。即使是潜心佛学，"中年颇好道，晚家南山陲"的王维，早年也曾写下"孰知不向边庭苦，纵死犹闻侠骨香"的豪言壮语。可见，当时的大唐文人往往兼具入世的热情与出世的超然，他们理想中的最高境界应是"事了拂衣去，深藏功与名"。

唐代文人文思驰骋，往往在诗中书写出世思想，一吐抑郁之气；转而又在现实中继续努力寻找建功立业的机会，实现自己的理想抱负。因而这一组看似矛盾的思想，其实正是当时文人心态的真实表现，二者相融共通，在困难坎坷之时，为文人提供理想方面的慰藉和解脱；在现实层面又激励他们重新振作奋发，不以消极避世的情绪虚度一生。入世可以锤炼完整的人生，出世则得以追求人生的升华，正是这种独特的思想成为唐代文人精神的映射，同时也在诗歌上形成了瑰丽雄浑的盛唐气象。

安史之乱后，唐王朝走向衰落，唐朝文人的家国情怀则显得愈加深沉，这以杜甫的诗最为典型。诗圣杜甫一生忧国忧民，他的诗作具有鲜明的时代特征和浓郁的家国情怀。例如五言律诗《春望》：

国破山河在，城春草木深。

感时花溅泪，恨别鸟惊心。

烽火连三月，家书抵万金。

白头搔更短，浑欲不胜簪。

杜甫目睹沦陷后长安的萧条零落，身处逆境思家情切，不免感慨万端。写春城败象，饱含感叹；写心念家人情况，充满离情。全诗沉着蕴藉，真挚自然，反映了诗人热爱祖国、眷怀家人的感情。

与杜甫不同，李白为人豪迈飘逸，然其家国情怀也可谓一往情深。李白虽为云游天下、四海为家的浪漫诗人，但夜深人静时，也会想家，为此还写下了《静夜思》这首五言古诗：

床前明月光，疑是地上霜。

举头望明月，低头思故乡。

该诗描写了一个朗月高悬的秋夜，李白欲睡无眠，在屋内抬头望月所感。诗中运用比喻、衬托等手法，表达客居思乡之情。语言清新朴素，饱含着乡愁，历来广为传诵。

晚年的李白遭逢安史之乱，他满怀报国激情，应邀参加唐肃宗之弟永王的军队。谁料统治集团发生内讧，永王军被肃宗发兵剿灭，李白受牵连，先是银铛入狱，后被流放夜郎，中途幸遇大赦，才被放了回来。这时李白已年过六旬，且贫病交加，可他仍念念不忘国家安危，"中夜四五叹，常为大国忧。"当听到唐军讨伐安史余孽的消息时，他仍痴心不改，借来一匹战马，手提一杆长矛，披挂投军，怎奈中途一病不起，临终写下"大鹏飞兮振八裔，中天摧兮力不济"。

╳ 宋·梁楷《李白行吟图》

宋朝是词的辉煌极盛时代，宋词标志着宋代文学的最高成就。曾几何时，世人言词，必称北宋。其实，"宋词"这一光荣称号应主要归之于南宋。词至南宋发展到了顶峰，这一时期的爱国主义词作突出地反映了那个时代的家国情怀，闪耀着万丈光芒。

　　北宋末年，整个社会醉生梦死的颓靡状态让人触目惊心。这时的东京汴梁，词坛正被歌功颂德的应制词、征歌逐醉的颓靡词、百般无聊的应酬词统治，谁都觉得这是一个可以长此以往的太平盛世。不料金人一声鼙鼓，大宋轰然亡国，二帝被俘，无数文人词客的优游岁月被粉碎无余，他们连做梦都

✕ 宋·赵佶《文会图》

没想到过的泼天大祸——国破家亡、流离失所，刹那间从天而降。

中原沦陷和南宋偏安的历史巨变，激起了南渡词人的觉醒，整个词坛的精神面貌为之一变。南宋首任宰相李纲在靖康之难后指出："朝廷安则山林安，利害休戚实与国同"，正是国破家亡的惨变唤醒了众多文人的家国情怀。

李清照本是闺阁词人，工于写别恨离愁；南渡以后，故乡故国之感提高了其作品的社会意义。朱敦儒本以高人韵士自许，一心一意唱他的"且插梅花醉洛阳"；南渡以后，却发出"回首妖氛未扫，问人间、英雄何处"的感叹。

与此同时，在士大夫官僚阶层也涌现出一群坚决抗敌的先进词家，如李纲、岳飞、张元干、张孝祥等人，他们致力于爱国词的创作。岳飞的《满江红·怒发冲冠》，表现了作者忠愤无比的爱国热情和抗击异族侵略的英雄气概，成为千古绝唱。张元干和张孝祥的词则更多地反映出作者怀念故国、悲壮而抑郁的苦闷情怀。而辛弃疾作为伟大的爱国主义词作家，进一步发展了南宋词。

如果说北宋词主要反映了当时文人感时伤世的万种风情的话，那么南宋词则随着国家、民族的危亡，转向了以爱国主义为题材的家国情怀。纵观整个南宋词坛，书写表现家国情怀的词人层出不穷：李纲、岳飞、张元干、张孝祥、陆游、辛弃疾、陈亮、刘过、文天祥等等。正是众多爱国志士的家国情怀给宋词注入了一股浩然之气，从而揭开了词史上崭新一页，并使宋词的境界与格局大为提升，摆脱了"艳科""小道"的窠臼，在保持自身文学样式的基础上，取得了日后与唐诗并驾齐驱的地位。

元、明、清时期，诗词式微。

诗词至元代向杂剧、散曲转变。当时的民族压迫十分严重，一幕名为

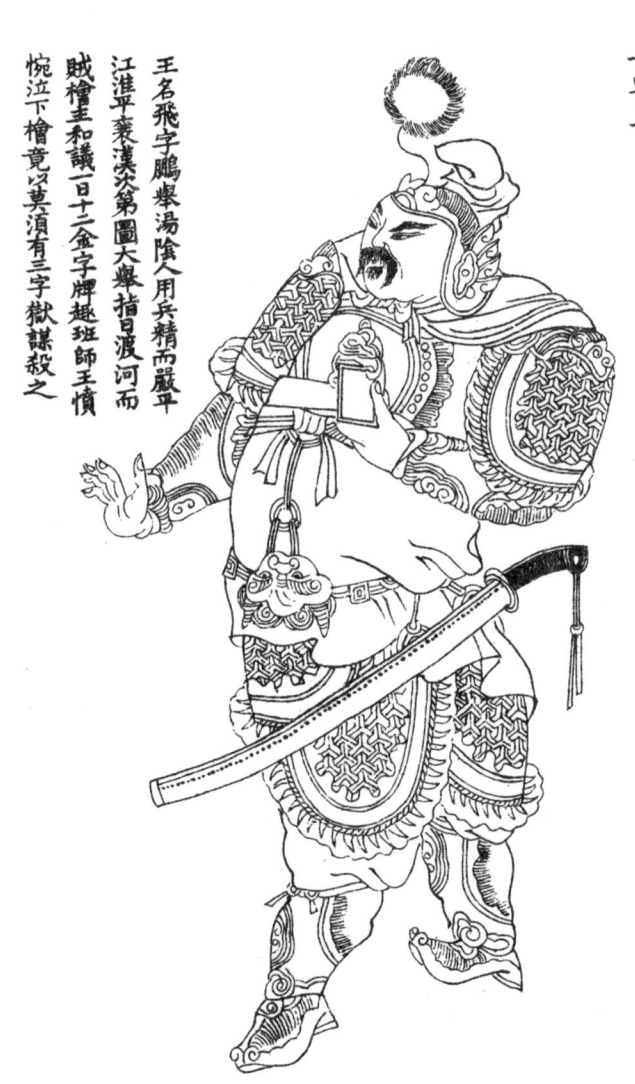

岳鄂王

王名飛字鵬舉湯陰人用兵精而嚴平
江淮平襄漢次第圖大舉指日渡河而
賊檜主和議一日十二金字牌趣班師王憤
惋泣下檜竟以莫湏有三字獄謀殺之

✕ 清·金古良《无双谱》岳飞画像

《岳飞破虏东窗记》的元人杂剧铿然发出这样的唱词：

　　怒发冲冠，丹心贯日，仰天怀抱激烈。功成汗马，枕戈眠月。杀金酋伏首，驾长车，踏破贺兰山缺。言愁绝，待把山河重整，那时朝金阙。

　　唱词中有的是引用了岳飞的《满江红》中的原句，有的是从中演变而来。可见，即使在异族残暴野蛮的统治下，元代文人对家国情怀也没有失去记忆。

　　十年驱驰海色寒，孤臣于此望宸銮。
　　繁霜尽是心头血，洒向千峰秋叶丹。

　　这首《望阙台》是明代著名抗倭英雄戚继光所作，既表达了自己有一腔抗倭报国的热血，又蕴含了历经寒霜劳苦仍以赤诚相见的家国情怀。

　　明代政治家、民族英雄于谦的《石灰吟》是一首非常有名的托物言志诗。相传于谦少时学习刻苦，志向远大。某天信步走到一座石灰窑前，看到工人煅烧石灰，只见一堆堆青黑色的山石经过熊熊烈火焚烧之后，都变成了白色的石灰。他深有感触，略加思索之后便写下了此诗：

　　千锤万凿出深山，烈火焚烧若等闲。
　　粉身碎骨浑不怕，要留清白在人间。

　　于谦以石灰做比喻，表达了自己为国尽忠、不怕牺牲的意愿和坚守高洁情怀的决心。

　　清朝文字狱空前绝后，文人大多埋头故纸堆，不问国事。而作为改良主义先驱的龚自珍却大声疾呼：

✕ 清·法坤厚《看剑饮杯图》

> 九州生气恃风雷，万马齐喑究可哀。
>
> 我劝天公重抖擞，不拘一格降人才。

他忧心国事，面对着西北边疆的动荡和东南沿海地区遭受西方列强侵凌的深重忧患，希望能以自己的文才武略为国出力。然而，这一年春，他第四次参加会试落第，连续的科场失利使他痛感报国无门，于是就写了《漫感》这首诗：

> 绝域从军计惘然，东南幽恨满词笺。
>
> 一箫一剑平生意，负尽狂名十五年。

这首诗虽作于诗人落魄之际，但仍充满了强烈的爱国主义激情，充满了忧国忧民的家国情怀。

如果说在古代，忧国忧民、精忠报国是仁人志士家国情怀的特点，那么到了近代，莘莘学子立志救国救民、反帝反封建的家国情怀则成为时代特征。

鲁迅先生作为伟大的文学家、思想家、革命家，其家国情怀是深沉的，也是炽烈的。清朝末年，年轻的鲁迅为寻求救国救民的良方东渡留学。

1903年3月，在日本东京，鲁迅剪掉辫子，拍了一张"断发照"留作纪念，而后自题小像，写下了"灵台无计逃神矢，风雨如磐暗故园。寄意寒星荃不察，我以我血荐轩辕"的诗句。这首诗感情强烈，肝胆照人，倾诉了作者甘洒热血报效祖国、唤醒昏睡同胞的家国情怀。

1910年秋，辛亥革命前夜，山雨欲来，国事蜩螗。当时年仅17岁的毛泽东有违父愿，准备离开家乡韶山去外求学，到广阔天地接受锻炼。临行前，他怀着激动心情写下了一首题为《呈父亲》的七言绝句：

孩儿立志出乡关，学不成名誓不还。
埋骨何须桑梓地，人生无处不青山。

这首诗表达了青年毛泽东离家求学、成就功名的远大志向，抒发了好男儿四海为家、献身事业的壮志豪情，同时也隐含着对父亲的深厚感情。全诗气魄宏大，激越铿锵，彰显出青年毛泽东心系天下、志在四方的家国情怀。

当年，毛泽东把诗写好后，仔细夹在父亲每天必看的账簿里，随即背起行囊，义无反顾地踏上征程，迈出了奔赴伟大革命实践的第一步。

1917年正值北洋军阀当政，国破民穷。青年周恩来中学毕业，即将东渡求学。临行前与好友别过，写下了一首七言绝句：

大江歌罢掉头东，邃密群科济世穷。

面壁十年图破壁，难酬蹈海亦英雄。

　　全诗气势豪迈、热情奔放，表现出周恩来力图"破壁而飞"的凌云壮志和献身救国救民事业的家国情怀。

╳ 宋·王希孟《千里江山图》（局部）

每每徜徉于中华诗词长河之中，无不为字里行间那种绵延不绝、矢志不渝、我将无我的家国情怀所动容。诗言志，词言情，以诗词抒文人情怀；生于斯、长于斯，以情怀系家国天下。国运昌盛时，其志可为山河添彩；天下危难之际，其情亦足以气贯长虹。慨当以慷，荡涤肺腑，正可谓：诗词至美在情怀，情怀总系家与国；古道照颜色，源远者流长。